“

अपनी ही बात या अनुभव को अभिव्यक्ति देने के प्रभावशाली कोण की तलाश में ही मैंने कहानियां लिखी हैं। इस पूरे सिलसिले को देखे बिना बहुतों ने शिल्पवादी या न जाने क्या-क्या आरोप लगाए हैं। अपने भीतर के नाटक को दर्शक की तरह देखता उसी में हिस्सा लेता या खोया हुआ आदमी हो सकता है बहुत ‘पारदर्शी’ न हो लेकिन मुझे लगता है अपने लेखन के साथ ही मेरे सम्बन्ध बहुत सीधे और उदार रहे हैं। शायद मेरे लिए कहानियां नहीं उनके पीछे और आसपास के अनुभव-क्षण ही अधिक प्रिय हैं।

”

मेरी प्रिय कहानियाँ

राजेन्द्र यादव

ISBN : 978-93-5064-064-7

संस्करण : 2014 © राजेन्द्र यादव

MERI PRIYA KAHANIYAN (Stories) by Rajendra Yadav

राजपाल एण्ड सन्ज़

1590, मदरसा रोड, कश्मीरी गेट, दिल्ली-110006

फोन : 011-23869812, 23865483, 23867791

website : www.rajpalpublishing.com

e-mail : sales@rajpalpublishing.com

www.facebook.com/rajpalandsons

भूमिका

उन दिनों हमारे यहाँ बिजली नहीं थी। सारी रात लालटेन के पास चिपका मैं कहानी लिखता रहा था। कभी-कभी पास सोए मित्र को देख लेता। राजेन्द्र (अब डॉ राजेन्द्रप्रसाद शमा) ने सोते समय कहा था, अगर आँख खुल जाए तो चार बजे जगा दूँ। गली की बदबू, सूअरों की धमाचौकड़ी, कुत्तों का रोना, ट्रेन की सीटियाँ और फिर पास आकर गुज़र जाना, कभी किसी का बातें करते हुए निकलना...चप्पलों की फटफटाहट और कहानी में डूबा हुआ मैं...खत्म करके घड़ी देखी, चार बजे थे। चिमनी काली हो गई थी और शरीर थकान से टूट रहा था। राजेन्द्र को जगाकर मैं सो गया। दो दिन बाद ही शायद भाषा-विज्ञान का पेपर था। कहानी थी, 'खेल-खिलौने'।

आज लगता है कहानी बहुत भावुकता के साथ लिखी गई है और बात को सार्थक ढंग से कहने के शिल्प के अलावा उसमें बहुत कम नया है, मेरे लिए भी...नया था वह दर्द, जिसे लिखते हुए मैंने खोजा और मूर्त किया था। उसी कहानी ने मुझे कहानी-क्षेत्र में मान्यता दिलाई थी और उसी ने जीवन में...स्वीकृति का एक अनकहा मधुर आश्वासन दिया था। कहानी पीछे छूट गई है, लेकिन उसे लिखते समय जिन बिम्बों में से जिया था वे अभी तक याद हैं...शायद सबसे अधिक याद है वह अँधेरा कमरा, पास सोया मित्र और बदबूदार संकरी गली, जिसके फ़र्श से ऊँचा मेरा कमरा था। कभी-कभी नाक पर रूमाल रखना पड़ता था और आसपास की वीभत्स आवाज़ें उबकाई पैदा करती थीं...इसके बीच कुछ सुन्दर सिरजने की नाजुक-सी खुशी...

उन दिनों 'प्रेत बोलते हैं' (बाद में 'सारा आकाश') के माध्यम से हुई मित्रता ने मुझे कुछ इतना छा लिया था कि सारे दिन खुशबूदार कीमती लिफाफों की राह देखता रहता था, उन्हें पढ़ता और जीता था। विश्वास और अविश्वास के

बीच में रहने की कल्पना-शक्ति को अद्भुत तीव्रता दे दी थी—जो पत्र लिखता है वह कैसा है? कहीं कोई बना तो नहीं रहा? तब सारी दुनिया बारिश-भीगे खिड़की के शीशे के पार चली गई थी और मैं उसे 'उखड़े हुए लोग' के पन्नों में जकड़े रखना चाहता था। नया-नया कलकत्ते आया तो आगरे की यादें थीं और अनदेखे हाथों के अपनत्व-भरे पत्रों का सिलसिला था। एक निराकार-सी छाप अक्सर मन में कौंधती थी। गर्मी के दिन थे और विश्वनाथ भटेले और श्रीराम वर्मा (अब अमरकान्त) से नई-नई दोस्ती हुई थी। दयालबाग के रास्ते की एक छोटी-सी पुलिया पर बैठकर भटेले ने आगरे की दो बहनों का किस्सा सुनाया था और मैं नीचे गड्ढे के पानी में कैद चाँद को ताकता रहा था। वही छोटे-से पानी के टुकड़े में जड़ा चाँद, डायमंड हार्बर रोड (कलकत्ता) के कमरे में रात-रात भर मेरे सामने चमकता रहता था...सोता था तो ठीक आँखों के सामने बालकनी के पार, स्कूल के पेड़ों के पीछे की बत्ती, चाँद का भ्रम देती रहती और कृष्णाचार्य पंखे का कान उमेंठते रहते...सारे दिन कलकत्ते में भटकने के बाद एक ही हफ्ते में तीन कहानियाँ लिख डालीं—रात-रात-भर जागकर—'एक कमजोर लड़की की कहानी', 'जहाँ लक्ष्मी कैद है' और शायद 'त्याग और मुस्कान',... 'उखड़े हुए लोग' का रिवीज़न हो रहा था और 'शह और मात' की अनजान तैयारियाँ, दिमाग में कुलबुला रही थीं 'कुलटा'...नारी की विवशता की इन सारी कहानियों में उन पात्रों में छाई निराशा और अवसाद भी थे या नहीं, यह आज बता पाना मुश्किल है...लेकिन लिखी वे केवल इसलिए गई थीं कि बता सकूँ—कलकत्ते ने मुझे खाया नहीं है, बदबू और गंदगी से घिरे भी 'सुन्दर' की डोर हाथ से छूटी नहीं है। उन्हीं दिनों अपनी वर्षगांठ पर पत्र के रूप में एक कहानी लिखकर भेज दी—'अभिमन्यु की आत्महत्या'। कुछ अजीब-से आत्मविश्वास और आत्मदया, अकेलेपन और आत्मलीनता में सब कुछ गुज़र रहा था—आसपास और अपने भीतर...भीतर थी एक ज़िन्दगी, बहुत समृद्ध, बहुत मधुर, निरन्तर बहती धारा की तरह...बाजरे के हरियाले खेतों की गीली मिट्टी पर बैठे हुए, सामने के दूसरे किनारे की ऊँचाई को उलटे पेड़ों की कतार के साथ धार की आधी चौड़ाई तक आते देखना...लगता था, जैसे सभी कुछ धीरे-धीरे सरकता चला जा रहा है...मैं देख रहा हूँ और मेरे साथ कई 'मैं' देख रहे हैं...बहुत भरा-पूरा लगता था यों कई-कई 'मैं' के साथ रहना...लॉटरी खुल जाने के रहस्य को अपने भीतर ही समेटे घूमना...

दिल्ली आया तो वे सारे 'मैं' आपस में लड़ने लगे थे, एक-दूसरे को दोषी

मानने लगे थे...एक-दूसरे को काटती गूँजों वाला ताजमहल टुकड़ों में बिखर गया था और फुल-पंखे के नीचे भी कुहनियों-तले तौलिया रखे, बाँहों का पसीना पोंछता मैं 'छोटे-छोटे ताजमहल' लिख रहा था, 'नये-नये आने वाले' 'खेल' और 'मज़ाक' लिख रहा था। अक्सर कलकत्ते के ही दिनों की एक और कहानी 'नौकरानी' लिखने की बात तय करता और कोई दूसरी ही कहानी लिख डालता। वह कहानी आज तक नहीं लिखी गई और कर्ज़े की तरह आत्मा पर लदी है। 'साहब' की शादी हुई तो नौकरानी यह कहकर गाँव चली गई—'हम ही क्या बुरे थे?' 'हक़' माँगने वाली उस औरत की दृढ़ता और दीप्ति से 'साहब' डर गए थे? सोसाइटी में कहाँ उठाएँगे-बैठाएँगे...एक और दृढ़ता और दीप्ति मुझे भी खींच और झटक रही थी...

कहानी सबसे पहले मेरे लिए याद थी—जुड़े हुए सूत्रों के स्रोत की खोज और पुनरावलोकन थी...फिर 'सम्बोधन' होने लगी, फिर क्रमशः संवाद...दिल्ली से फिर कलकत्ते आकर पाया कि मैं 'किनारे से किनारे तक' के बीच भटकता रहा हूँ।

'प्रतीक्षा' और 'लौटते हुए' उन्हीं दिनों लिखी गई। स्मृतियों के साथ-साथ अपने परिवेश को समझने, आसपास के सन्दर्भ खोजने की कोशिश उन कहानियों में आज बहुत साफ दिखाई देती है—अतीत की ओर लौटने की नहीं, वर्तगान पर ठहरने की, जलती हुई तात्कालिकता को स्वीकार करने की झिझकती-सी हिम्मत। 'सम्बन्ध' जैसी कहानियों में आतंकप्रद असलियत को अपने लिए पाना ही प्रमुख रहा है—हो सकता है, 'मारने वाले का नाम' बड़े धरातल पर इसी सच्चाई को कन्फेस करने वाली कहानी हो और 'टूटना' वर्तमान की निरर्थकता की स्वीकृति...अपने भीतर चलती वितृष्णा और हीन भावना को रचनात्मकता तक लाने का आश्वासन एक पुनर्मूल्यांकन चाहता था।

अपने-आपको संक्रमित करने, 'अनोखे अनजाने पुल' की निन्नी के माध्यम से अपने को पार करने की इस प्रक्रिया में कहीं आत्म-दया और आसपास के प्रति विक्षोभ है (अतीत के आसपास मंडराता भविष्य), कहीं अपने को नये आदमी की निगाह से जाँचने-तौलने की यातनाप्रद प्रक्रिया या अपनी खोयी हुई इयत्ता (आइडैण्टिटी) की तलाश....(अनुपस्थित सम्बोधन)

शायद यह तलाश कई और स्तरों पर उतरती या विकास की किन्हीं और मंज़िलों तक ले जाती—तभी आ गया 'अक्षर'—यानी शब्दों के अर्थ अचानक खो

गए और अर्थ के शब्द ही लाश पर चीलों की तरह मंडराने लगे। भोजन बनने और बनाए जाने की स्थिति के खिलाफ विद्रोह। भीतर को स्थगित करके बाहर की दुनिया के सीधे संघर्ष में पाया कि जो दीखता है, कहा जाता है उसका कोई अर्थ नहीं है। शब्दों और व्यवहार के पीछे के आशय ही असली होते हैं। विद्रोह और विरोध की मुद्रा साधकर सौदेबाज़ी का मुद्दा आसान हो जाता है। तब क्या असलियत को पकड़ने का सीधा रास्ता यही नहीं है कि दीखने वाली वास्तविकता को पकड़ा जाए? इस 'ढोल के भीतर घुटते और सिसकते आदमी' तक पहुँचा जाए? और तब फैण्टेसी या रूपक-कथाओं के प्रयोग से अपनी बात कहने की इच्छा होने लगी...दस-पन्द्रह साल पहले पढ़े काफ्का से लड़ते और बचते हुए...

इस नई स्थिति ने अनुभवों के रूप में बहुत समृद्ध नहीं किया—यह तो मैं नहीं कहूँगा, लेकिन उन अनुभवों को आकलित करके अर्थ और संगति तलाश कर सकने की सुविधा (लेज़र) निश्चय ही छीन ली है। प्रायः अपने साथ होने, आत्म-साक्षात्कार, के क्षण एकदम नहीं रह गए हैं। लगता है, बड़े उपन्यास में ही इतने दिनों के रुंधाव को तोड़ा जा सकता है...लेकिन बड़े उपन्यास के लिए, साल-डेढ़-साल का मुक्त समय कहाँ है?

पढ़ने का शौक शुरू से रहा है और शायद कुछ ज़्यादा रहा है। दो-दो, तीन-तीन साल कुछ लेख भूत बनकर छाए रहे हैं। लेकिन अपनी ही बात या अनुभव को अभिव्यक्ति देने के प्रभावशाली कोण की तलाश में ही मैंने कहानियाँ लिखी हैं। इस पूरे सिलसिले को देखे बिना बहुतों ने 'शिल्पवादी' या न जाने क्या-क्या आरोप लगाए हैं। अपने भीतर के नाटक को दर्शक की तरह देखता, उसी में हिस्सा लेता या खोया हुआ आदमी हो सकता है बहुत 'पारदर्शी' न हो, लेकिन मुझे लगता है अपने लेखन के साथ ही मेरे सम्बन्ध बहुत सीधे और ईमानदार रहे हैं...शायद मेरे लिए कहानियाँ नहीं, उनके पीछे और आसपास के अनुभव क्षण ही अधिक प्रिय होते हैं...सिद्धान्त बनाकर कहूँ तो कहानियों के आसंग ही लेखक को अधिक प्रिय होते हैं...औरों की प्रतिक्रिया देखकर बाद में कहानियों के प्रिय होने का भ्रम बनता है...'सारा आकाश' बीस साल बाद अचानक मुझे प्रिय हो उठा है।

मैं चाहूँगा कि इसे मेरी आत्मकथा न समझा जाए...आत्मकथा में आए बीच-बीच के प्रिय द्वीपों की एक कड़ी से अधिक नहीं है। सचमुच मेरी समझ में नहीं आता कि ईमानदार कथा-लेखक के पास ऐसा कुछ बचा रहता है कि

अलग से 'आत्मकथा' लिख सके? खाने और सोने की दैनन्दिन घटनाओं में किसे और क्यों दिलचस्पी हो?

दस संग्रहों के बावजूद शायद कहानियों की संख्या पचहत्तर से अधिक नहीं है। क्या यह भी बहुत ज़रूरी है कि इन्हें लिखने के पचहत्तर-सौ दिनों में हर दिन ही 'प्रिय' रहा है...? फिर सभी कहानियाँ प्रिय कैसे हो सकती हैं? जो हो सकती थीं, शायद उनमें से अधिकांश लिखी नहीं गईं।

कहते हैं कि रचनाएँ लेखकों को बच्चों की तरह प्रिय होती हैं।

मेरी एक कथा-लेखिका मित्र ने एक बार बहुत सच्चाई के क्षणों में कहा था—यह आप लोगों का भ्रम है कि माँ अपने हर बच्चे को बहुत प्यार करती है। जिस तरह का, और जिससे वह बच्चा चाहती थी, वही तो उसे नहीं मिलता। अस्तित्व में आ जाने के बाद बच्चे के प्रिय लगने का सिलसिला शुरू होता है। फिर भी क्या इसे प्रकृति और पुरुष के सम्मिलित षड्यन्त्र के रूप में नहीं लिया जा सकता कि उन्होंने औरत की मानसिकता को इतना अभ्यस्त (कण्डीशण्ड) बना दिया है कि बच्चा उसे प्रिय लगने लगता है? भीतर से वह उसे घृणा भी तो कर सकती है!

कुछ मिथों को फिर से जाँचने की ज़रूरत हर युग में महसूस होती रहेगी...

—राजेन्द्र यादव

क्रम

पुराने नाले पर नया फ्लैट

यों मुझे अपने में, और अपने लेखन में ऐसी कोई बात नहीं लगती, लेकिन जाने कैसे, मेरे पाठकों और मित्रों में यह भ्रम फैल गया है कि महिलाएँ मुझे बहुत पत्र लिखती हैं और अक्सर वे इस बात का ज़िक्र बड़े रस-भरे ढंग से करते हैं। सत्य का अंश इसमें सिर्फ इतना है कि पिछले पाँच-छः वर्ष पहले एक पाठिका ने मुझे पहला पत्र लिखा था और धीरे-धीरे वह पत्र-व्यवहार घनिष्ठ मित्रता में बदलता चला गया। तब उनकी शादी हुए कुछ ही समय हुआ था। पहले मैंने उनके पत्र को ठीक उसी प्रकार लिया था जैसे एक मित्र दूसरे मित्र को अपनी अन्तरंग बात कहते हुए लिखता है लेकिन आज अचानक जब शुरू के दिनों का लिखा हुआ एक पत्र सामने आया तो पहली बार मुझे लगा, जैसे उनके इस पत्र-व्यवहार के पीछे शुद्ध अपनी बात कहने की ही भावना नहीं, बल्कि एक भावना और भी थी। वे अपने पति को जताना चाहती थीं कि वे भी किसी को पत्र लिख सकती हैं और बहुत आत्मीय होकर लिख सकती हैं। और इस दृष्टि से यह पत्र मुझे अपने को लिखा हुआ ही नहीं लगता। यह तो किसी को भी लिखा जा सकता था। उनकी मनोवृत्ति के बारे में मेरा अन्दाज़ा सही है या नहीं, इस बारे में अपने पाठकों से जानकर मुझे प्रसन्नता होगी। पत्र के अन्त की और कुछ अप्रासंगिक और व्यक्तिगत बातें छोड़कर मैं निश्चय ही नाम और स्थान बदलकर, पत्र की नकल नीचे दिए दे रहा हूँ :

डी.578, ...नगर, नई दिल्ली

ता. 4 जून 5...

प्रिय राजेन्द्र,

...से लिखे पत्र से मैंने तुम्हें लिखा था कि दिल्ली पहुँचते ही मैं अपना पता भेजूँगी। शायद तुम राह भी देख रहे होगे। हो सकता है, गालियाँ भी दे

रहे होंगे। सोचा था, आते ही पहला पत्र तुम्हें ही लिखूँगी, लेकिन रोज़ आजकल-आजकल में ही सारा समय गुज़र जाता था। कभी फुरसत भी होती तो मन इतना खराब हो जाता है कि क्या बताऊँ।...जाने क्या होता चला जा रहा है मुझे, मेरी खुद समझ में नहीं आता। कल अचानक किसी पत्रिका में तुम्हारी कहानी देखी तो ध्यान हो आया कि तुम्हें लिखने का वायदा किया था।...लो, अब माफी माँग लेते हैं, आगे से ऐसी देरी नहीं होगी। लम्बे पत्र से ऊबोगे तो नहीं?

यह घर भी बड़ा अजीब है। हमेशा मेरा मन घुटता रहता है और साँस लेने में तकलीफ होती है। इन फ्लैटों में न तो अभी फ्लश लगा है, न ठीक से बिजली ही आई है। पानी भी कनस्टरवालों से, दो पैसा कनस्टर देकर मंगाना पड़ता है। पीछे ही नाला है, सो ऐसी बदबू आती रहती है कि सर भन्ना जाता है। कहते हैं, यह नाला बहुत पुराना है। मुगलों के काल में नहर थी और इससे यातायात होता था। हो सकता है, महाभारत के काल में भी रहा हो। लेकिन अब तो इसका पुरानापन न खींचता है, न डराता है। हमेशा मन में उठता रहता है कि यहाँ से कहीं भागो...भागो! घर पर आदतें बिगड़ गई हैं न...अब तो लगता कि अगर यहीं रही तो इस बदबू से पागल हो जाऊँगी। चाहे जितनी खिड़कियाँ-दरवाज़े बन्द कर लो, चाहे जितनी अगरबत्तियाँ फूँकते रहो, गंध तो हवाओं में बसी है न। मुझे तो सारे दिन आश्चर्य होता है कि ये पंजाबिनें कैसे इस जगह बिना किसी शिकवा-शिकायत के रहती चली आ रही हैं। एक हाथ से नाक पर रूमाल लगाए-लगाए काम भी तो नहीं होता, सो मैं साड़ी का पल्ला नाक पर बाँध लेती हूँ। ये जब-जब देखते हैं, हँस पड़ते हैं। कहते हैं, "झाड़ू-टोकरी और ले लो, साज पूरा जो जाए।" खुद मैंने शीशे में देखा तो देर तक हँसती रही। ये कहते हैं, "शुरू-शुरू में ऐसा ही लगता है। कुछ दिन बाद बदबू अपने-आप कम हो जाएगी। रहना तो यहीं है। मकान ही नहीं मिलते। उधर विनय नगर और लोदी कॉलोनी की तरफ सरकारी क्वार्टर्स मिलते-मिलते साल लगे, दो साल लगें, कौन जाने, हमारे यहाँ रहते हुए मिले ही नहीं।" वह सब ठीक है। लेकिन ये तो सुबह चले जाते हैं। ऑफिस में खस की टट्टियाँ लगी हैं। यहाँ या तो दिन-भर घुटो या नाक बाँधे पड़े रहो। मैं तो अधिक से अधिक सामने की तरफ ही रहती हूँ। एक-डेढ़ कमरे के पार, कुछ तो बदबू कम होगी।

तुम सोच नहीं सकते, राजेन्द्र, यह दमघोंटू गंध किस तरह मेरे दिमाग पर भूत बनकर सवार हो गई है। एक बार जब हम लोग मेरठ से आ रहे थे, तो

सिग्नल न मिलने के कारण गाड़ी स्टेशन से पहले ही खड़ी हो गई थी। उस जगह की हवा में जाने कैसी गंध भरी थी कि मुझे तो कै ही आने लगी। सभी ने नाकों पर रूमाल रख लिए थे। किसी ने बताया कि गेहूँ का गोदाम सड़ रहा है। किसी ने कहा, चीनी का मिल है, सो उसके लिए हड्डियाँ पीसने के कारखाने से ऐसी बदबू आती है। एकदम लगता था, जैसे गंदा नाला टूट गया हो। रात थी, सो ओस-डूबी बत्तियों को छोड़कर दीखा तो कुछ नहीं; लेकिन वे दो मिनट अनन्त काल की नरक-यातना जैसे लगे थे। अब इस घर में चलते-फिरते उसी डिब्बे और उसी क्षण की याद आती है। लगता रहता है, जैसे गाड़ी वहीं आकर खड़ी हो गई है, कहीं कोई सिग्नल नहीं दे रहा कि खिसके। पहले तो लगता था कि बस, अगले पल ही मेरी तो कनपटियाँ फट जाएँगी सर-दर्द से! क्यों राजेन्द्र, क्या यह बात ठीक है कि एक बार घर कर जाने पर सर-दर्द कभी नहीं जाता, क्रॉनिक हो जाता है?

और न हो सर-दर्द क्रॉनिक, लेकिन मुझे तो यह कल्पना भी असह्य लगती है कि एक दिन मेरी नाक के सारे कीड़े मर जाएँगे और मुझे किसी भी तरह की गंध आनी बन्द हो जाएगी...शायद इसे ही ये 'अभ्यस्त होना' कहते हैं।

तुम भी क्या कहोगे कि इतने दिनों बाद पत्र लिखने बैठी और यह गंध-पुराण लिख मारा! अच्छा, छोड़ो इसे, बोलो और क्या बताऊँ? इस बार सोचा था कि तुम्हें एक नया प्लॉट और देंगे। अपने पड़ोस में मि. आयंगर हैं, उन्हीं का किस्सा है, पर, बस सोचकर ही रह जाती हूँ। कभी मन होता है, तुम्हें सारी बातें लिखूँ—अपनी बातें; इनकी बातें, घर की बातें, पास-पड़ोस की बातें। पर यही सोचकर रह जाती थी कि कहाँ से शुरू करूँ? आज मन में भी बहुत-कुछ कहने को भरा है और काफी फुरसत भी है। अब दो बजे हैं। पाँच बजे अंगीठी जलाने को उठना होगा। पत्थर के कोयलों की अंगीठी को आते-आते भी तो आध घण्टा लग जाता है। इनके आने तक चाय तैयार हो जाती है। बस, यों ही सारा दिन खिसक जाता है, लेटे-लेटे, सोचते-सोचते। कुछ भी करने को मन नहीं होता। पहले सोचा था कि पड़ोस के आयंगर की पत्नी से ही दोस्ती कर लूँगी, कुछ तो समय बीतेगा। लेकिन दोपहर को 'आ-आ-आ' करके वह अपना छटकेदार संगीत सीखती रहती है और मैं किताब छाती पर खुली छोड़कर धूल-अटे रोशनदान को ताकती रहती हूँ। जब सारा बदन पसीने से तर-ब-तर हो जाता है, तो याद आता है कि हाथ का पंखा यों ही ढीला होकर झुक गया है। अजब हालत है। अब घर

की भी याद नहीं आती। जीजी की दो चिट्ठियाँ आई पड़ी हैं, वही आजकल-आजकल में ही महीना होने को आया। सच राजेन्द्र, सब कुछ बड़ा व्यर्थ-व्यर्थ सा लगने लगा है।

यह लिखते ही हाथ रुक गया है। तुम कहानीकार लोग हो, भाई, जाने क्या-क्या मतलब लगाने लगो! अब इस बात से ज़रूर तुम सोचोगे कि शायद मुझे वैसा कुछ नहीं मिला, जिसकी मैंने उम्मीदें की थीं, जिस नौकर-चाकरों से भरे घर के सपने देखे थे। तुम कहोगे कि सारा आलस्य और व्यर्थता का बोध और कुछ नहीं, निराशा का ही एक रूप है, स्वप्न-भंग का दर्द है। लेकिन नहीं, राजेन्द्र नहीं! मैं नहीं जानती हूँ, यह बदबूदार घर, यह बिजली न होने की तकलीफें, ये मक्खियों के मंडराते छत्ते, यह घुटन और अकेलापन बहुत दिनों नहीं रहेंगे, धीरे-धीरे सबका अभ्यास हो जाएगा, शायद हम लोग ही मकान बदल देंगे...। और मैं कैसे कहूँ तुमसे, कि हमें नया मकान न मिले, हम यहाँ से न जाएँ, तो भी मैं सब-कुछ चुपचाप सह लूँगी, सह सकूँगी। मुझे एक सहारा तो हो, कोई तो तिनका हो जिसे...

राजेन्द्र, मैं तुम्हें कैसे समझाऊँ कि...

एक दिन इन्होंने कहा था कि, "बीरू, तुम चाहती हो कि मैं अपने पुराने सारे सम्पर्कों और सम्बन्धों को सिर्फ इसलिए तोड़ लूँ कि तुमसे शादी हो गई है?"

"नहीं तो, ऐसा तो मैंने कभी नहीं कहा, कभी नहीं चाहा।" मैं चित लेटी आँखों पर बाँह रखे रो रही थी। बाँह हटाकर बोली।

इन्होंने मेरी बाँह पर हाथ रखकर प्यार से पूछा, "मेरे माँ-बाप हैं, मेरे भाई-बहन हैं, सगे-सम्बन्धी, यार-दोस्त हैं, इन सबसे तुम्हें कोई शिकायत नहीं है?"

"लेकिन वे सब सम्बन्ध और इस सम्बन्ध में...मैं क्या करूँ मेरा मन नहीं मानता।" मेरी आँखों से फिर छल-छल आँसू बहने लगे, जैसे बाँध टूट गया हो।

"देखो, बीरू, तुम समझदार हो, पढ़ी-लिखी हो। थोड़ी उदार बनकर देखने की कोशिश नहीं कर सकतीं? मेरे और मित्रों की तरह दीप्ति को भी एक नहीं मान सकती?"

ये चारपाई की पाटी पर बैठे थे। आँसुओं से धुँधली निगाहों के पार मुझे उनका याचना-भरा चेहरा दिखाई दिया।

"लेकिन मित्र तो वह सब नहीं लिखते जो उसने लिखा है?" मैं रोती रही।

"मगर बीरू, यह तो मैंने कभी नहीं छिपाया कि दीप्ति मेरी बहुत-बहुत घनिष्ठ मित्र है...तुम्हारे आने से पहले की। चाहो तो यह कह सकती हो कि मैंने अपने अतीत को तुमसे छिपाया क्यों नहीं? न छिपाने का दंड क्या यह है कि मैं अतीत को ही काट फेंकूँ?"

"मुझे लगता है कि वह मेरा हिस्सा पा रही है।"

"हिस्सा?" उन्होंने आहत स्वर में पूछा, "तो हर आदमी को प्यार या स्नेह का कोटा मिला हुआ है और उसमें से एक आदमी जब लेता है, तो दूसरों का हिस्सा ही पाता है?"

"यह सब मैं नहीं जानती। लेकिन मैं तो तुम्हारा एकान्त और सम्पूर्ण प्यार चाहती हूँ।"

"वही तो मैं पूछना चाहता था। एकान्त और सम्पूर्ण का अर्थ तो तुम्हारे लिए यही हुआ न कि सारे शेष सम्बन्ध और सम्पर्क समाप्त कर डाले जाएँ?"

"यह मैंने कब कहा?" और मैं फिर रोती रही।

ये उठ गए। मैं रोती रही। सुबह की डाक से आया था एक पत्र सादे-से लिफाफे में, कॉपी के पन्नों पर जल्दी-जल्दी में लिखा हुआ। ये ऑफिस से आकर ही बैठे थे। साइकिल के क्लिप अभी पतलून में लगे थे। खड़े-खड़े पत्र पढ़ा और मुस्कराते हुए घूमकर खिड़की के पास का एक चक्कर लगा आए। मेरे दोनों हाथों में कप-प्लेट थे, एक उनके और एक अपने लिए। चाय न फैले, इसलिए उन पर निगाहें टिकाए रही। पूछा, "किसका खत आया है?"

मुझे लगा, ये थोड़ा सकपकाए। फिर स्वाभाविक स्वर में हाथ के पंखे को जल्दी-जल्दी घुमाते हुए बोले, "दीप्ति ने लिखा है। पूछा है कि बीवी ने ऐसा फरमान दे दिया है कि जब से वो आई हैं, कोई समाचार ही नहीं भेजे?"

मैंने चाय उनके फैले हुए हाथ पर रखी और कहा, "उसे बुलाइए तो सही। हम भी तो देखें...दीप्ति...दीप्ति! कैसी हैं आपकी दीप्ति जी!"

"यों देखने में ब्यूटी नहीं है, लेकिन स्वीट है।" उदग्र होंठों की ओर प्याला बढ़ाकर उन्होंने ज़ोरदार सड़ाका लिया। लगा, जैसे अपने को व्यस्त कर लिया।

"देख लूँ, क्या है?" मैं पास की छोटी-सी बेंत की कुर्सी पर बैठ गई और

चाय में मक्खियाँ न गिरें, इसलिए हथेली कप पर ढक दी। पल्ले से गले का पसीना पोंछकर हाथ बढ़ाया। मन था कि झपटकर चिट्ठी उठा लूँ; लेकिन अपने को भरसक तटस्थ दिखाती रही।

सकपका गए हों; इस तरह इन्होंने इधर-उधर सहायता के लिए देखा। फिर झिझकते हुए बड़े बेमन से एक ओर रखी हुई चिट्ठी उठाकर मेरी ओर बढ़ा दी। खत मैंने पढ़ा और लौटा दिया। चुपचाप चाय पीने लगी। शायद सुस्त हो गई।

"क्यों?" इन्होंने पूछा।

"कुछ नहीं," मेरी सुस्ती को इन्होंने पकड़ लिया था।

ये कुछ नहीं बोले और अपलक आँखें खोले-खोले बड़े मशीनी ढंग से चाय सुड़कते रहे। मन कहीं और था।

और रात को जैसे ही इन्होंने मुझे अपनी ओर खींचा, मैं फूट-फूटकर रो पड़ी, पहले तो ये एकदम सकते की-सी हालत में रह गए। पूछते रहे, "क्या बात है, बीरू? बीरू?"

मैं कुछ नहीं बोली और रोती रही, अपनी बाँहों में मुँह छिपाए। जितना ही बाँहें हटाकर ये मुझे चुप कराने की कोशिश करते, मैं सर मोड़-मोड़कर और भी रोती ही जाती। हारकर इन्होंने बहुत ही कातर स्वर में कहा, "तुम बताओगी नहीं तो मैं जानूँगा कैसे, बीरू?"

मैंने औंधे लेटकर, इनकी छाती से माथा सटाकर कहा, "मेरा यहाँ मन नहीं लगता।...घर की याद आ रही है...हमें घर छोड़ आओ।"

"क्यों, भई? अचानक यह घर की याद?...कोई बात हो गई? कोई पत्र आया क्या घर से? ऐसी कोई बात है तो मुझे बताओ न!" मुझे और भी रोते देखकर समझाते हुए कहा, "घर ही जाना है तो सुबह बातें करेंगे। अब आधी रात में घर की याद?...कितनी बार हमने तुमसे कहा कि पास-पड़ोस में किसी से दोस्ती कर लो, लाइब्रेरी की मेम्बर बन जाओ या बाज़ार जाकर कुछ किताबें खरीद लाया करो..."

मैंने कुछ जवाब नहीं दिया और रोती रही। फिर अचानक पूछा, "दीप्ति तुम्हारी क्या लगती है?"

पहले तो इन्होंने मुझे गौर से देखा, मानो पहचानते न हों। फिर ज़ोर से हँस पड़े, "पागल! बेवकूफ!..."

इस बार मेरे स्वर में सख्ती आ गई। इनके चेहरे को बेझिझक देखते हुए

फिर कहा, ''हँसकर बहकाओ मत, मुझे बताओ न, दीप्ति तुम्हारी क्या लगती है?''

''लगेगी क्या?'' इस बार बात जान लेने के सन्तोष से ये चित लेट गए और ऊपर देखते हुए बोले, ''दोस्त है...फ्रैंड।''

''तो फिर मुझे क्यों लाए?''

''क्यों?'' इन्होंने ज़रूरत से ज़्यादा आश्चर्य से पूछा, ''तुम...तुम हो। कोई भी और उस जगह का हकदार कहाँ से होगा!''

''तुम्हारे और कितने दोस्त ''डार्लिंग'' से चिट्ठियाँ शुरू करते हैं?'' अब इनके इस अनजान बनने के अभिनय पर मुझे गुस्सा आने लगा।

''मेरा ख्याल है बीरू, सम्बन्धों की गहराई या उथलेपन को इन शब्दों से नहीं तोला जा सकता। शब्दों के प्रयोग का अधिकार तो सभी को है। कोई मुझे हर तीसरे वाक्य में 'डार्लिंग' न भी लिखे, तब भी मैं उसे जी-जान से प्यार कर सकता हूँ और किसी को 'प्यारे दोस्त' लिखकर भी उससे घृणा कर सकता हूँ।''

''तुम मुझे शब्दों में बहला रहे हो?'' मैंने बात काट दी।

इस बार शायद इन्हें भी तैश आ गया। कड़े स्वर में पूछा, ''आखिर तुम कहना क्या चाहती हो?''

इनका यह रवैया देखकर मैंने धीरे से कहा, ''कुछ नहीं।'' और दूसरी ओर करवट बदलकर लेट गई, ''मुझे कुछ नहीं कहना।''

उस रात न हम दोनों में से कोई कुछ बोला, न रात-भर सोया।

दो-तीन दिन हम लोगों में बड़ा तनाव चलता रहा। बिना कुछ बोले हम लोग साथ-साथ खाना खा लेते, सो जाते। मेरे भीतर हमेशा जैसे एक घुन खर्र-खर्र करता अपने आरे-जैसे दाँतों में खाया करता। न हँसने की तबीयत होती, न बोलने की। तीसरे दिन शायद शनिवार था। ऑफिस से आते ही इन्होंने कहा, ''चलो, बीरू, आज टिकट ले आया हूँ, सिनेमा देख आएँ।''

निरुत्साहित और बुझे हुए स्वर में मैंने कहा, ''चलिए।''

इनके चेहरे पर मुझे ऐसा भाव दीखा, मानो अभी ये टिकट निकालकर फाड़ देंगे। लेकिन इन्होंने अपने पर नियन्त्रण कर लिया। प्यार से कन्धा पकड़कर अपनी ओर खींच लिया, ''बीरू, यह सब क्या है आखिर? तीन दिन हो गए, न तो तुम मुझसे बोलती हो, न बातें करती हो?''

''बोल तो रही हूँ,'' आँखें अनचाहे भर ही आईं। पलकें झुकाए कहा।

''यह बोलना हुआ?'' ये योंही मेरा मुँह देखते रहे, ''सारा चेहरा पीला पड़ गया है। सचमुच, तुम इस तरह का व्यवहार करोगी तो कैसे चलेगा आगे? आखिर तुमने बी.ए. किया है, बड़े शहरों में रही हो, तुम्हारे साथ भी लड़के पढ़े हैं फिर यह सब...''

''क्या यह सब?'' इस बार मैंने अनजान बनकर पूछा।

''तुम सोचती हो, यह सब मैं समझता नहीं हूँ?'' इन्होंने दुलार-भरे स्वर में कहा, ''भाई, दीप्ति मेरी दोस्त है, मेरी क्लासफेलो है। बस, ज़रा-सी बेतकल्लुफ है। एक खत में जब तुम्हारा यह हाल है तो अगर तुम कहीं उसे मेरे कन्धे पर हाथ मारकर यह कहते देख लो कि, यार चलो, आज तो कहीं कॉफी पी आएँ, तब तो शायद तुम गदर ही कर दो...'' इनकी बात अधूरी रह गई।

मैंने कुछ नहीं कहा। आँखों में अटके आँसू धारी बनकर ढुलक आए। उमड़कर गले में आ अटका गोला सटका और दाँतों से होंठ चबाकर अटकल से बोली, ''अब आदत पड़ जाएगी। बड़े शहर से आई हूँ न, सो नया-नया लगता है।''

''यानी अपने सब मित्रों और परिचितों को लिख दूँ कि जब तक बीवी को आदत न पड़े, वे मुझे कुछ न लिखें?'' इन्होंने एकटक मुझे देखते, मानो मुझे पढ़ते हुए, बड़े व्यथा-भरे स्वर में कहा।

''उन्हें क्यों लिखोगे? मैं ही अपने संस्कार बदलूँगी। शुरू-शुरू में तो बुरा लगता ही है।'' मैं कन्धे पर गरदन घुमाकर रोती रही और छूटने के यत्न में बाँह से इनकी उँगलियाँ हटाती रही।

ये कुछ देर मुझ पर यों ही निगाहें टिकाए रहे, फिर गहरी साँस लेकर बाँह छोड़ दी, ''सचमुच तुम जान-बूझकर उलझनें पैदा कर रही हो, बीरू! मेरा कौन मित्र मुझे क्या कहकर पुकारे, या क्या सम्बोधन करके पत्र लिखे, यह अधिकार क्या मेरे ही पास नहीं रहने दोगी?''

''मैं तो आपसे कोई भी अधिकार नहीं चाहती,'' और मैं अन्दर जाकर खूब-खूब रोती रही। देर तक ये मुझे समझाते रहे। और तुमसे सच कहती हूँ, राजेन्द्र, मुझे उस समय स्वयं अपने ऊपर आश्चर्य हुआ कि ऐसी यह क्या गम्भीर बात है, जिस पर मैं यों मरी जा रही हूँ? उस क्षण मुझे वह बात निहायत ही तुच्छ और क्षुद्र लगी। अपनी बेवकूफी पर दुःख भी हुआ। सोचा, सिनेमा जाने से मन ही बहलेगा। तीन घंटे अपने से अलग, सिनेमा में उलझकर, हो सकता है, चिन्ता की इस जोंक को फिर झटककर फेंक ही दूँ।

लेकिन सिनेमा के शुरू में ही जो मूड खराब हुआ तो अन्त तक चलता रहा। विज्ञापन चल रहे थे। मुस्कराते हुए, साबुन के गुण बताती एक लड़की को देखकर ये बोले, "मुस्कराते वक़्त इस लड़की के गाल बिल्कुल दीप्ति के गालों की तरह लगते हैं।" मैं कुछ नहीं बोली, लेकिन लगा, बोझ तो दिल पर ज्यों का त्यों रखा है। तुम झूठ मानोगे, राजेन्द्र, मुझे बिलकुल ऐसा लगा, जैसे एक लम्बी-सी कांतर अपने ज़हरीले पंजे गड़ाए मेरे दिल पर यहाँ से वहाँ तक जमी बैठी है और ज़रा-ज़रा-सी देर में अपनी पकड़ मज़बूत करने के लिए वह अपने पंजे गड़ाती है तो दर्द से छाती कसक उठती है। सिनेमा के परदे पर क्या हो रहा है, यह मैंने नहीं देखा और मन को फुसलाकर जब-जब देखने की कोशिश की, हर बार ध्यान आ गया कि छाती में कांतर के पंजों का गड़ना जानते और महसूस करते हुए भी मैं कैसे सिनेमा देख पा रही हूँ, कैसे उसे भूले हुए हूँ? मैंने कुहनी गोदी में टिकाकर उस पर अपना झुका सर टेक लिया। इन्होंने प्यार से पीठ पर हाथ रखकर पूछा, "क्या हुआ?"

"कुछ नहीं, आँखों के आगे धुँधला-धुँधला लग रहा है।"

"कुछ खाने-खाने की चीज ले आऊँ?"

"नहीं, ठीक है। अभी सब ठीक हो जाएगा। किसी चीज़ को ज़्यादा गौर से देखने से हो जाता है।"

लगा, इस बार ये समझ गए। उद्धत भाव से नाक ऊपर उठाए ध्यान से सिनेमा देखते रहे, जैसे इन्होंने मन ही मन निश्चय कर लिया कि नहीं मानती तो फिर मरो! मैं तुम्हें आखिर कितना समझाऊँ? रह-रहकर मुझे स्वयं आश्चर्य होता कि जानते-बूझते यह सब मैं क्या किए जा रही हूँ, इसका नतीजा अच्छा नहीं होगा। और इन्होंने न तो मेरी तबीयत का हाल पूछा, न इंटरवल में चाय-पान ही मँगाया—खुद अपने किसी परिचित के साथ बाहर चले गए और अँधेरा होते ही अन्दर आ बैठे।

और साथ लेटने, खाने, औपचारिक बातों की परम्परा फिर चलती रही।

मैंने दो-तीन दिन बाद साश्चर्य पाया कि न तो मुझे शेष पत्र का मज़मून कष्ट देता था, न उनका कटा-फटा रूखा व्यवहार। बल्कि हर पल यह सालती सचाई गड़े काँटे-सी कसक उठती थी कि कोई है जो मेरे हिस्से की साझीदार है। इस बोध के साथ ही रोना उमड़ पड़ता। बिस्तर पर लेटती तो सोने और जागने के बीच की एक अजब-सी स्थिति चलती रहती, जैसे सुबह सफर पर चलने

वालों को रात को सोते समय महसूस होती रहती है। जाने क्या हुआ कि तीसरी रात, मैं सोते-सोते अचानक चीखकर जागी, तो देखा, अरे मैं तो रो रही हूँ। ये चुपचाप सो रहे थे। जाने मन में क्या आया कि इनकी छाती से माथा ठोक-ठोककर रोती रही, ''मुझे यों मत मारो!'' ये हड़बड़ाकर जाग उठे और देर तक समझाते रहे, ''तुम्हें क्या हो गया है, बीरू? तुम्हें कौन मार रहा है? बताओ, मैं क्या करूँ कि तुम्हारी तकलीफ कम हो? तुम्हें यों घुलते हुए मुझसे नहीं देखा जाता।'' ये भी देर तक रोते रहे, ''हमेशा यह तनाव भरी स्थिति, हमेशा की यह दूरी, हमेशा यह सख्त मुद्रा...बीरू, मुझे तुम साफ-साफ कहो न, कि मैं क्या करूँ?''

जो मैं चाहती थी, वह मुझसे कहते नहीं बनता था। शायद मैं जानती भी नहीं थी कि मैं क्या चाहती हूँ। कोशिश करके भी समझ में नहीं आता था कि मुझे उनसे शिकायत क्या है। और तब सहसा यह देखकर मुझे खुद बड़ा आश्चर्य हुआ कि धीरे-धीरे मैं दुःख का कारण भूल चुकी हूँ या उससे इतनी दूर आ गई हूँ कि वह कारण इतने बड़े दुःख के लिए नाकाफी लगता है। बस, मैं दुःखी रहूँ, यह एक आदत बन गई है। अब मूल दुःख के स्थान पर इनका यह कटा-कटा व्यवहार, यह तटस्थ रवैया मुझे खाने लगा था। मन-ही-मन बोली, ऐसे बातें कर रहे हैं, जैसे कुछ जानते ही नहीं, मानों इन्हें पता ही नहीं कि एक दीप्ति है, जो मेरी सौत है।

''सौत!'' शब्द मुझे खुद भारी हथौड़े की चोट-सा लगा। लगा, निहायत ही तुच्छ और नगण्य बात को मैं बड़ा भारी शब्द दिए दे रही हूँ; इतना भारी कि उसका आकार और बोझ दोनों ही मुझसे नहीं सहे जा रहे।

''देखो, बीरू,'' ये प्यार से मेरा कन्धा थपथपाकर कह रहे थे, ''किसी भी परिचित लड़की को अपना शत्रु मानकर एक खास तरह का दुख उठाना या दूसरों को दुःख और तनाव में रखना अगर एक ऐसी परम्परा है, जिसका निर्वाह बहुत ही ज़रूरी है, तब तो मुझे कुछ भी नहीं कहना। तुम जी भरकर जब तक चाहो, इस परम्परा का पालन करो। लेकिन ज़रा खुद सोचकर देखो, क्या सचमुच यह कारण इतना बड़ा है कि यों दुनिया सर पर उठा ली जाए?''

और विश्वास मानो, राजेन्द्र, मुझे वह सब कुछ अपने दिमाग का फितूर लगा।

उसके अगले, या शायद और भी अगले दिन की बात है। इस बीच सब कुछ स्वाभाविक-सा लगने लगा था और हम लोग एक-दूसरे को देख-देखकर अक्सर

ही मुस्कराया करते थे। उन मुस्कराहटों के साथ ही मुझे लगता कि और भी निकट आने के लिए शायद यों कभी-कभी लड़ना बहुत ही ज़रूरी है। मैं आगे-से-आगे इनका काम तैयार कर रखती, लेकिन उसी क्षण यह लगता कि शायद यह प्रेम की स्वाभाविक गति नहीं है। जैसे इतने दिनों की अपनी गलती को हम दोनों ही ज़रूरत से ज़्यादा प्यार के प्रदर्शन से धो-पोंछना चाहते हैं। मैं यही सोच रही थी कि इन्होंने गुसलखाने से चिल्लाकर कहा, "बहुत देर हो गई, बीरू, उस सफेदवाले पतलून में बकसुए लगा दो जल्दी से।" पतलून निकालकर मैं बकसुए खोजती रही। पूछा, "कहाँ हैं बकसुए? हमें तो कहीं भी नहीं मिल रहे।" तो बोले, "पुरानी गन्दी वाली पतलून में से बकसुए निकाल लो न! बहुत लेट हो गया।" मैंने पुरानी पतलून में से बकसुए निकालकर लगाए। सोचा, व्यर्थ ही उन्हें देर होगी, सो जेब से पुराना गन्दा-सा रूमाल निकालकर धोने के लिए डाला और कागज़ धुली पतलून की जेब में रखने लगी। तभी कागज़ों में एक मुड़े-तुड़े लिफाफे को देखकर हाथ ठिठक गया। जाने क्यों, लगा, जैसे इसमें कुछ है।...खोला तो फिर वही 'डार्लिंग' शब्द सामने था। एक बार फिर पता देखा। ओः, तो अब ऑफिस के पते पर चिट्ठियाँ आने लगीं। और सहसा मुझे लगा कि जिस दर्द को मैं भूली हुई थी, वह भकभकाकर जल उठा, कैसे भूल सकी मैं उस दर्द को?

सब कुछ ज्यों का त्यों रख दिया। लेकिन जैसे ही ये ऑफिस गए कि मैं धम्म् से चारपाई पर गिर पड़ी। और जब होश आया तो पाया कि मैं इस तरह रो रही हूँ, जैसे या तो मुझे किसी ने मारा हो या मेरे घर से किसी की मौत का समाचार आया हो।...तो इन्होंने ऑफिस के पते पर खत मँगाया। उसे लिखा होगा कि बीरू लड़ती है। क्या सोचा होगा उसने भी कि अभी आए महीना नहीं गुज़रा और बीवी ने लड़ना शुरू कर दिया। पता नहीं, मेरे खिलाफ और भी क्या-क्या लिखा होगा। खूब-खूब शिकायतें लिखी होंगी कि दिन भर मुँह फुलाए रहती है... हर समय लड़ती है। उसे कतई पसन्द नहीं कि तुम मुझे पत्र लिखो, इसलिए ऑफिस के पते पर लिखा करो।...मुझे हर बार लगता था, राजेन्द्र, कि देखो, इन्होंने सब कुछ ऊपर-ही-ऊपर कर लिया और मुझे हवा तक नहीं लगने दी।

उस दिन न तो मैंने नहाया, न खाया। पहले पत्र का आना मुझे ऐसा लगा था, मानो भरी महफिल में किसी ने मुझे थप्पड़ मारा हो, वह मेरा...मेरी भावनाओं का, मेरी उपस्थिति का और मेरी स्थिति का अपमान था और यह...यह मेरे साथ धोखा है धोखा...धोखा! राजेन्द्र, सच कहती हूँ, यह शब्द इस सारी स्थिति के

लिए मुझे इतना सार्थक, सुन्दर और सम्पूर्ण लगा कि मुझे खुद धक्का लगा...
तो शुरू से ही मेरे साथ धोखा किया जाता रहा। मैंने उसे समझा अब है, इस
शब्द के माध्यम से। अगर उन्हें उसी से प्यार था, तो फिर मुझे लाने की ज़रूरत
ही क्या थी? माँ-बाप से मना नहीं कर सकते थे? ठीक है, बाबूजी ने शादी की
जल्दी मचाई थी। लेकिन किस लड़की के घरवाले जल्दी नहीं मचाते? और अगर
इस बात का किसी भी तरह यह संकेत भी करा देते तो अम्मा-बाबूजी चाहे बी.
ए. के बाद पढ़ने देते, या न पढ़ने देते, मैं यहाँ तो शादी नहीं ही करती, उस
काले-कलूटे थानेदार के साथ चली जाती। कम-से-कम ये सब तो...मैं आज ही
चली जाऊँगी। रहें ये और इनकी दीप्तिजी!

वह साँझ आने तक का समय मैंने कैसे छटपट-छटपट करके काटा है, मैं
ही जानती हूँ।

ये आकर बैठे। साइकिल के क्लिप निकाले और पंखा करते रहे। मैंने बहुत
स्वाभाविक निरुद्विग्नता के साथ लाकर चाय दी। और जब पसीना सूख गया तो
निहायत ही दृढ़ स्वर में बोली, ''बताओ, तुमने मेरे साथ धोखा क्यों किया?''

''धोखा?'' ये अचकचा उठे।

''हाँ-हाँ, बनो मत! धोखा ही तो किया। शुरू से तुम मेरे साथ धोखा ही
करते आ रहे हो। मैं क्या समझती नहीं हूँ?'' इस 'धोखा' शब्द को बार-बार
दुहराकर मानो मैं अपनी बात को अकाट्य बना देना चाहती थी।

''कौन-सा धोखा? कैसा धोखा?'' इस बार लगा ये समझ गए, लेकिन
अनजान बने रहे।

मैंने बनावटी नम्र दृढ़ता से कहा, ''देखो, मुझे बनाओ मत! ऐसा ही है
तो तुम अपनी दीप्ति को यहाँ ले आओ। जहाँ मेरा मन हो मुझे जाने दो। कम-से-कम
इस सबसे पीछा छूटेगा कि तुम मुझे धोखा दो, अपने को धोखा दो, और फिर
उसे झूठ-मूठ लिखो। उस बेचारी को कभी ऑफिस का पता दो, कभी घर का!''
मैंने ये सारी बातें कुछ ऐसे गम्भीर अन्दाज़ में कहीं, मानो ये बातें अन्तिम सत्य
और निर्णायक हैं। मन-ही-मन बोली—जैसे भी होगा, मैं बी.टी. कर लूँगी।

इस बार इन्होंने मुस्कराकर (मैं समझती हूँ नकली मुस्कराहट के साथ) कहा,
''ओ:, तो वो बात है! भाई, अगर वह यहाँ लिखे तो तुम नाराज़ होती हो। खुद
तुम परेशान होती हो और मुझे परेशान रखती हो, यही सोचकर मैंने लिख दिया
कि खत ऑफिस के पते पर भेज दिया करो। इसमें धोखे की कोई बात ही नहीं

है। चूँकि तुम मेरी पत्नी बन आई हो, इसलिए अपने सारे पहले के मित्रों, परिचयवालों या आत्मीय बन्धुओं से सम्बन्ध तोड़ लूँ अन्यथा वह धोखा होगा, यह बात, बीरू, न तो मेरी समझ में तब आई थी और न अब आती है।"

"और मेरी समझ में औरत-आदमी के बीच की दोस्ती का यह मतलब नहीं आता, जिसमें 'डार्लिंग' वगैरा लिखा जाए।" मैंने भी उतनी ही तेज़ी से कहा।

"यानी औरत आदमी की दोस्ती का मतलब एक ही होता है?"

"हाँ।"

"तब ठीक है, और मुझे कुछ भी नहीं कहना है। जो तुम्हारी समझ में आए सो करो।" इस बार इन्होंने सख़्त स्वर में कहा और कपड़े बदलने अन्दर चले गए। मैं ज्यों की त्यों बैठी रही। जब ये बाहर निकले तो हाथ में पीतल की छोटी-सी बाल्टी थी। बिना कुछ बोले ये दूध लेने चले गए। और तब एकदम मुझे लगा, मानो मैं सहसा ही टूट गई हूँ, मानो आज मुझे स्पष्ट शब्दों में बता दिया गया है कि कोई और है, जो मुझसे बड़ी है—अर्थात् मुझे यहाँ छोटी बनकर ही रहना होगा...

झटके से उठी और बिना कुछ बोले, बिना रोए भीतर ही चारपाई पर औंधी जा लेटी। पाटी पर तीन-चार बार माथा ज़ोर-ज़ोर से कूटा। न दर्द महसूस होता था, न रुलाई आती थी। (शायद सिनेमा के परदे पर होती तो झटके रो माथे पर सिंदूर पोंछती और बाँसुरी बजाती भगवान् की मूर्ति के सामने जाकर रोने लगती, या एक गाना गाती हुई समुद्र पर झूलती चट्टान से छलांग लगाने की मुद्रा बनाए खड़ी रहती कि गाना पूरा हो तो कूदूं!)

मरने की बात तो नहीं, लेकिन अपनी ज़िन्दगी की व्यर्थता की बात को लेकर उन दिनों, राजेन्द्र, मैंने क्या-क्या नहीं सोचा। मेरी ज़िन्दगी का अर्थ क्या है? क्यों जीऊँ? कभी मैं देखती, वह आई है। ये लोग मुझे छोड़कर अकेले सिनेमा देखने चले जाते हैं...घूमने सुबह के निकले हैं और रात को बारह बजे तक आने का नाम ही नहीं ले रहे...सुबह दीप्ति तो यह कहकर जाती है कि मुझे दिल्ली में अपने किसी सम्बन्धी से मिलना है और ये ऑफिस के बहाने निकल जाते हैं और बाहर जाकर मिलते हैं...मैं यहाँ अकेली पड़ी-पड़ी घुट रही हूँ, रो रही हूँ ...या देखती कि ये लोग भीतरवाले कमरे में हैं, अन्दर से किवाड़ बन्द कर लिए जाते हैं, हँसने-खिलखिलाने की आवाज़ें आ रही हैं और बाहर खुरदरी चारपाई पर लेटी मैं या तो पल्ला मुँह में ठूँसें रो रही हूँ या चौके में उनके लिए रोटियाँ

ठोक रही हूँ...टपाटप आँसू गालों से ढुलकते जाते हैं। कहानी याद आती है : राजा ने रानी को गंदी-सी साड़ी दी और काग उड़ानेवाली बनाकर छत पर बैठा दिया।...मैं देखती हूँ कि उसके लिए डिब्बे की डिब्बे साड़ियाँ लाई जा रही हैं ...उसे टैक्सियों में घुमाया जा रहा है...स्कूटर में दोनों एक-दूसरे की कमर में हाथ डाले बैठे हैं! कम तनख्वाह और पैसों का रोना तो मेरे ही लिए है। अब कहाँ से दनादन निकला चला आ रहा है। उसे तकलीफ न हो, इसलिए बिजली आ गई है, पंखा-रेडियो सभी आ गए हैं। उस पल मैंने अपने को लाख-लाख धन्यवाद दिया कि कोई बच्चा नहीं है, वरना माँ के साथ सौतेली माँ के हाथों उस बेचारे की भी जाने कैसी-कैसी दुर्गति होती! कड़कती रात में बैठा-बैठा बरतन माँज रहा होता...

होश आता तो अपने इस सोचने पर झुँझलाहट होती कि हर बात को सोचते-सोचते अति पर पहुँचा देने की मेरी आदत आखिर कब छूटेगी? इस सारे हिस्से में बिजली ही कहाँ है जो ये अपनी उस पद्मिनी को मँगवा देंगे?

लेकिन अचानक एक बात की ओर मेरा ध्यान गया तो अपनी ये सारी शंकाएँ निर्मूल नहीं लगीं। इतनी लड़ाइयाँ हुईं, इतना सब कुछ कहा-सुना गया, लेकिन एक बार भी इन्होंने कभी न तो दीप्ति का पत्र दिखाने की उत्सुकता प्रकट की और न यह कहा कि मैं उसे नहीं लिखूँगा। इस बात से मेरा विश्वास और भी पक्का हो गया कि ये सिर्फ मुझे धोखा दे रहे हैं। कब तक चलेगा इस तरह? कब तक मैं एक अवांछनीय गले-पड़े व्यक्ति की तरह रहूँगी? क्यों नहीं मैं अपने को समेट लेती?

राजेन्द्र, यह बात अब मेरी नस-नस में समा गई है, मैं उसे किसी भी तरह नहीं निकाल पा रही हूँ कि मैं यहाँ किसी की जगह हूँ; मैं नहीं इस घर की असली मालकिन तो कोई और है। ये कुछ भी सोचते हैं तो मुझे लगता है कि दीप्ति की ही बात सोच रहे हैं। खाना खाते-खाते लगता है कि इनके दिमाग में यही बात है कि अगर मैं न होती तो यहाँ दीप्ति होती! कपड़े पहनते समय, रात को सोते समय मुझे एक झटके से महसूस होता है कि मानो मैं दीप्ति की जगह सो रही हूँ, मानो मैं दीप्ति के कपड़े पहन रही हूँ। कभी-कभी ये कोई बात कहते-कहते मेरे चेहरे की ओर देखने लगते हैं तो मुझे लगता है कि नहीं, ये मुझे नहीं मेरे पार दीप्ति के चेहरे को देख रहे हैं, या इन्हें वह क्षण याद आ रहा है, जब ऐसे ही इन्होंने कभी दीप्ति को देखा होगा। हालत यहाँ तक आ गई है, राजेन्द्र, कि

मैं शीशे में चेहरा देखती हूँ तो मुझे सहसा लगता है कि मान लो, मैं यहाँ न होती तो इस क्षण दीप्ति ही यह चेहरा देख रही होती।...

दीप्ति की जगह अपने होने की यह भावना अब मेरे मन में इतनी गहरी उतर गई है कि लगने लगा है, वो मेरा हिस्सा नहीं, मैं ही उसका हिस्सा खा रही हूँ, अपराधिनी वह नहीं, मैं हूँ। ये जो पराया-पराया-सा महसूस करते हैं, उसके पीछे मैं हूँ। इनमें और मुझमें दूरी है (मानों मैं बीरू नहीं, कोई और हूँ) उसका एकमात्र कारण मैं हूँ।...ये मक्खियाँ, यह घुटन, बदबू, सब मेरे ही कारण है। अगर 'मैं' 'वह' होती तो सभी कुछ कितना साफ-सुथरा होता। तब 'हम लोग' यों एकदम बेगानों और अपरिचितों की तरह थोड़े ही रहते।

और इस खिंचावट और दूरी के तनाव-भरे वातावरण में कल जो एक बात हो गई, उसे तुम्हें बताना बहुत ज़रूरी है। यों बात बहुत साधारण है, लेकिन एक तरफ तो मेरी समझ में उसका मतलब नहीं आ रहा, दूसरी तरफ ऐसा लगता है, जैसे वह इस सारी स्थिति को एक सार्थक नाम देती है।

ये ऑफिस से आए-आए थे और बाँहें ऊपर उठाए कमीज़ को उलटकर उतार रहे थे। बोले, ''आज शायद हवा इधर की ही है, बड़ी बदबू आ रही है। कैसे रहती होगी तुम सारे दिन?''

''क्या करें, हमें तो रहना यहीं है'', कहने को तो कह दिया, लेकिन सोचा, वो तो हम हैं, सो डाल रखा है। होतीं कहीं अगर आपकी वह दीप्तिजी जो दूसरे दिन ही घर बदल लिया होता।...मुझे सहसा लगा, जैसे गंध का एक झोंका इधर से गुज़र गया हो।

''यह बदबू भी बड़ी अजीब-सी है, बड़ी सड़ी-सड़ी-सी है।'' वे नाक सिकोड़कर बोले।

मैंने सरलता से कहा, ''यह तो हमेशा ही आती रहती है। हमें तो आदत होती जा रही है न! पहले तो सहा नहीं जाता था। लेकिन यह गंध बड़ी ही अजीब-सी है। है न? जैसे कोई मर गया हो।''

''कौन?'' वे अस्वाभाविक रूप से चौंककर बोले।

उनकी गौर से देखती निगाहें अपने चेहरे पर महसूस करके मुझे लगा कोई निहायत अनुचित बात कह दी हो। सकपका उठी, ''जैसे...जैसे संदूक के पीछे कभी चूहा मर जाता है तो बदबू आती ही रहती है, वैसी ही गंध है।''

वे पेट तक बनियान उठाए, पंखा घुमाते दूसरी ओर चले गए। और मैं

उन्हें ऐसे देखती रही, जैसे मेरा इस व्यक्ति से कभी कोई परिचय नहीं रहा है। आज जो खत आया है, वह ज़रूर इनकी जेब में रखा होगा, लेकिन न तो उससे मेरा भविष्य बँधा है और न वर्तमान।...और मैंने किसी अतीत में अपने भावी जीवन के सपने नहीं सँजोए...

अच्छा, बताओ तो इस अनुभूति को तुम क्या अर्थ देना चाहोगे?

अब बस करती हूँ। शेष अगले पत्र में लिखूंगी।

सस्नेह
बीरू

मज़ाक

कम्बल ओढ़े, साँस के दौरे को उठने से दबाते अंकल सफेद गोमुखी में जल्दी-जल्दी उँगलियाँ चला रहे थे। वे बगुले की तरह गर्दन ताने आलथी-पालथी मारे दीवान पर तने बैठे थे। माला का घेर पूरा करके मानो अपने-आपसे ही बोले, ''मज़ाक-मज़ाक में मान लो किसी ने कुछ कह ही दिया, तो कहीं इस तरह बुरा माना जाता है...?''

लेकिन उनकी बात किसी ने भी नहीं सुनी। उमा ने दूसरे हाथ से अपनी कलाई घुमाकर घड़ी देखी और सामने दीवाल की घड़ी पर निगाह डालकर बोली, ''आध घण्टे से कम तो क्या हुआ होगा?...शशि, ज़रा पूछो न...'' आगे उससे बोला नहीं गया।

बाहर मूसलाधार बारिश हो रही थी और खिड़की के ऊपर लगी टीन की नालियों से पानी लगातार इस तरह गिर रहा था जैसे किसी ने पारदर्शी काँच की उमेठी हुई सीधी छड़ें खड़ी कर दी हों। खपरैल की टाइलें और खिड़कियों की टीनें इस तरह बज रही थीं जैसे बारात चली जा रही हो। खिड़की के आसपास बौखलाई हुई उमा कभी इधर और कभी उधर घूम रही थी। वह अपनी दोनों हथेलियाँ साबुन से हाथ धोने की तरह मसलती जा रही थी। रह-रहकर रुआँसे स्वर में उसके मुँह से निकल जाता, ''हाय राम...जाने क्या होगा अब? हाय राम, जाने क्या होने वाला है...'' और भयानक मानसिक उत्तेजना से एक-एक मिनट बाद खिड़की के बाहर झाँक लेती। लेकिन वहाँ बारिश में भीगते पेड़ पिटे कुत्तों-से सहमे खड़े थे। बूँदों की भूरी-भूरी लहराती चादर के पार घाटी की हरियाली उठान में वीर-बहूटियों से जड़े मकानों की लाल-लाल छतें दीख जाती थीं...छपक्...छपक् ...छपक्, उमा को लगा जैसे बारिश में कोई उनके बंगले की तरफ आ रहा है। वह दौड़कर दरवाज़े पर गई। पर्दे उठाकर पहले भीगते शीशे से झाँका। कुछ भी दिखाई नहीं देता था। किवाड़ खोले, सिर, मुँह या साड़ी पर पड़ती बौछार की

चिन्ता न करके देखती रही...छाता लगाए कोई बगल के बंगले की ओर जा रहा था। हारकर किवाड़ भेड़े, भौंहों का पानी पोंछती जल्दी-जल्दी हाथ मलती टेलीफोन की तरफ लौट आई...।

"मिला?" घबराकर डायरेक्टरी के पन्ने पलटती शशि से पूछा।

'दो बार मिला चुकी हूँ। लाइन खाली नहीं है।"

"टेलीफोन में आज ऐसी क्या आग लग गई...? वहाँ नहीं मिलता तो सी. आई.डी. को ही मिला। कहीं तो मिला...पता नहीं, इतनी देर में जाने क्या हो जाएगा?"

शशि ने डायल घुमाया, "इनक्वायरी...इनक्वायरी...हलौ..." फिर उसका स्वर फट गया। ज़रा-सा खाँसकर बोली, "जाने कहाँ मर गए सब, कोई बोलता ही नहीं है..."

"बीड़ी पीने गए होंगे...या पास की लड़कियों से गप्पें ठोक रहे होंगे..." अंकल ने कड़वा मुँह बनाकर कहा।

तभी शशि बोल पड़ी, "हल्लो, इनक्वायरी! ज़रा इन्टेलिजेंस ऑफिस का नम्बर दीजिए...जल्दी..." फिर माउथ-पीस पर हाथ लगाकर उमा से कहा "भाभी, लिखना ज़रा", हाथ हटा लिया, "हाँ जी...श्री-टू-एट-वन! थैंक्यू जी..."

"हाय, मेरे तो हाथ काँप रहे हैं। मुझसे तो लिखा भी नहीं जा रहा।" उमा के हाथ की पेंसिल सचमुच इस तरह हिल रही थी जैसे हाथ लकवे में बेबस काँप रहा हो। शशि ने उसके हाथ से पेंसिल छीन ली, "भाभी, तुम तो सच इस तरह घबरा जाती हो...ज़रा धीरज रखो...देखो, भगवान् ने चाहा तो कुछ नहीं होगा..." उमा पल्ला आँखों पर लगाकर आँसू पोंछने लगी।

नम्बर लिखकर उसने फिर डायल घुमाया, "हलो, इण्टेलिजेन्स ऑफिस! कौन साहब बोल रहे हैं? ...देखिए, मैं नाइन-फाइव-फोर-टू से बोल रही हूँ...मिसेज़ वीरेश्वर वर्मा...देखिए जी, एक बहुत ही अर्जेण्ट केस है...यहाँ से एक साहब अचानक गाड़ी लेकर निकल गए हैं...नहीं जी, नाराज़-वाराज़ नहीं...हल्लो, बस कुछ यों ही सनकी दिमाग के हैं...कभी-कभी उन्हें होश नहीं रहता कि क्या कर रहे हैं। खत छोड़ गए है कि उन्हें खोजने की कोशिश न की जाए...हलो जी, इस लाइन में शायद इस बारिश की वजह से कुछ गड़बड़ी है...जी नहीं, साथ में कुछ भी नहीं है...घड़ी, पर्स, जूते सब उतार गए हैं...सिर्फ सूती कमीज़-पतलून में हैं। जी, खत में उन्होंने लिखा है...एक सैकिंड प्लीज..." उत्तेजना के मारे शशि

सब कुछ भूली जा रही थी...फिर भी गर्व था कि अपना सन्तुलन बनाए हुए है। उसने डायरेक्टरी के नीचे दबा पीला कागज़ निकालकर टेलीफोन पर पढ़ा, ''हाँ जी, लीजिए मैं पढ़ रही हूँ... 'मेरी मौत के लिए कोई दोषी नहीं है। मैं अपने-आपको इस संसार में रहने लायक नहीं समझता। मुझे खोजने की कोशिश न की जाए। ...नमिता का दुबारा विवाह कर दिया जाए'...बस जी, नीचे नाम है।'' कुछ देर चुपचाप सुनती रहकर बताया, ''खाना खाने के बाद हम लोग यों ही बैठे कैरम-वैरम खेल रहे थे। अचानक वे उठे और भीतर चले गए। हमने समझा, यों ही किसी काम से गए होंगे, काफी देर बाद जब नमिता, हाँ जी, इनकी वाइफ, भीतर गई तो देखा कि कपड़े रखे हैं...घड़ी के नीचे यह खत है। पीछे का दरवाज़ा खुला है। शायद वहाँ से जाकर ड्राइवर को जगाकर चाबी ली और चले गए; हो गया कोई आधा घण्टा। अभी-अभी मिस्टर वर्मा भी गए हैं। शायद डी.आई.जी. से बातें हुई थीं...जी, होंगे यही कोई बाईस-तेईस साल के। बाईं कनपटी पर घाव का निशान है। ज़रा खुलता हुआ गेहुँआ रंग...बीच में माँग निकालते हैं...जी गाड़ी... गाड़ी का नम्बर है जी.बी. एम. जे. हाँ जी. बी.एम.जे. थ्री-नाइन-सेविन...मैरून डाज-किंग्ज़वे है जी...थैंक्यू जी, आप फोन करेंगे न अभी..? ज़रा जल्दी प्लीज़...''

शशि ने फोन रखा। कुहनी मेज़ पर टिका कर बातें करने से बालों की लटें इधर-उधर कनपटियों पर झूल आई थीं, उन्हें दोनों हाथों से कानों के ऊपर अटकाया। उसे हल्का संतोष हुआ। कितनी सफलता से उसने कितना कठिन काम सरंजाम दे दिया। फिर एकटक अपनी ओर देखती उमा को समझाया, ''भाभी, वो कहते हैं, आप बिलकुल भी मत घबराइए, अगर उन्होंने अब तक कुछ कर नहीं डाला तो शायद अब डरने की ज़रूरत नहीं है। हाँ, कोई सीरियस बात हो गई हो तो बता दीजिए...मैं सब चौकियों को फोन किए देता हूँ कि उस नम्बर की गाड़ी अभी तक वहाँ से गुज़री हो तो रोक ली जाए...''

''गुज़र गई होगी तो क्या कर लेगा?'' अधीर होकर लगभग उमा चीख पड़ी। निराशा से गर्दन झटकती हुई बिना जवाब दिए खिड़की की तरफ आ गई। जैसे हाथ जल गए हों, इस तरह दोनों कलाइयों से पंजे झटकारती हुई बोली, ''हाय, मेरा तो दिल डूबा जा रहा है...जाने क्या होगा? किसका मुँह देखा था...मेरा भैया...'' वह मुँह पर दोनों हाथ रखकर रोने लगी।

अब सहसा शशि को लगा कि सी.आई.डी. वालों को खत सुना कर और ये सारी बातें बताकर उसने अच्छा नहीं किया। बाद में दुनिया-भर की खींचातानी

होगी। पुलिस वाले तंग करेंगे...जाने क्या हो। लेकिन फिर अपने-आपको समझाया कि अगर नहीं बताती तो वे लोग क्यों इतनी दिलचस्पी लेते? उसने सबको बताकर असली स्थिति भी तो छिपा ली। फिर वह खुद भी जब इन सारी बातों और स्थिति को सोचती तो अपने को बड़ा बौखलाया और नर्वस-सा महसूस करती। उसे स्वयं आश्चर्य हो रहा था कि कैसे यों अपने पर काबू किए हुए है। मुसीबत के वक्त वह आत्म-विश्वास नहीं खोती। इस पर उसे खुशी भी थी। उसने पास जाकर कन्धे पर हाथ रखकर समझाया। "भाभी, यों मत घबराओ। भगवान ने चाहा तो सब ठीक हो जाएगा। आखिर शंकर भैया गए हैं, साथ में 'ये' भी हैं। अगर चौकियों से गाड़ी निकल भी गई होगी तो...शायद पुलिस की गाड़ी में ये लोग पीछा करेंगे...''

"लेकिन यह भी तो पता चले कि आखिर गया किधर है?'' बेचैनी से अंकल ने बैठक बदली। दोनों टांगें मोड़कर बोले और निहायत ही हताश भाव से ढीली गर्दन झटककर जाँघ पर दूसरा हाथ पटककर कहा, "अरे, कोई ऐसी बात थी तो हमसे कहता...अब ये बेचारी...पराये घर की लड़की...'' और उन्होंने रुंधे गले में आधी बात छोड़कर नमिता को देखा...

नमिता सोफे पर दोनों पाँव समेटे, हत्थे पर सिर टिकाए इस तरह ढेर हुई बैठी थी कि लगता ही नहीं था कि वहाँ कोई है। बस, एक आसमानी साड़ी जैसे किसी ने लापरवाही से डाल दी हो, और वह जगह-जगह हवा भरने से फूल गई हो...ज़रा-ज़रा-सी देर बाद सब की निगाहें उसी की ओर उठ जाती थीं कि हाय, इस लड़की के भाग्य में जाने क्या है...अभी एक साल भी तो नहीं हुआ...

"बीबीजी, अमित बाबू की कमीज़ कहाँ रखी है...?'' स्थिति की गम्भीरता से आतंकित बड़े डरते हुए से नौकर ने उमा के पास जाकर पूछा।

उमा को शशि ने कुर्सी पर बिठा दिया था और खुद खिड़की के बाहर तार पर सरकती बूँदों को देखने लगी थी। स्तब्ध उमा अपलक आँखों से पीतल की बड़ी-सी सेण्टर टेबिल पर रखे खिलौनों को घूरे जा रही थी। वह झटके से मुड़ी और दोनों हाथ माथे तक जोड़कर बोली, "भैया, मुझसे कुछ मत पूछो। मुझे कुछ भी नहीं मालूम...जो तुम्हारी समझ में आए करो...''

"अमित बाबू रो रहे हैं,'' अपराधी की तरह नौकर बोला।

"रो रहे हैं तो रोने दो...हमें तंग मत करो...जाओ...'' शशि ने घूमकर डाँटा। सोचा, इतने बड़े लड़के की आदत बिगाड़ रखी है।

नौकर के जाते ही जैसे भयानक सन्नाटा छा गया...एकरस बरसते पानी की आवाज़ भी मानो सुनाई देनी बन्द हो गई थी। लगता था, अभी खिड़की से कोई बेतहाशा भागता आता दिखाई देगा...दरवाज़े पर जोर से दस्तक पड़ेगी... या अभी इसी क्षण टेलीफोन की घंटी बजेगी...कोई झपटककर उठाएगा...और फिर एक चीख के साथ टेलीफोन हाथ से छूटकर गिर पड़ेगा। शशि को रह-रहकर आश्चर्य हो रहा था कि इतनी बड़ी घटना हो रही है...एक आदमी आत्महत्या करने गया है...खुद उसके घर आकर ठहरा हुआ एक निकटस्थ रिश्तेदार, और न वह घबरा रही है न रो रही है...मानो यह सब कुछ सचमुच हो रहा है, इसका उसे विश्वास ही नहीं होता...

घननू...घननू...घननू टेलीफोन बजा तो शशि भूखी चील की तरह टूट पड़ी। अंकल की माला रुक गई। चिहुंककर उठ खड़ी हुई। उसने आगे बढ़कर मेज़ पर दोनों हथेलियाँ टिका दीं। नमिता ने सिर उठाया...जैसे दिल की धड़कन होंठों पर आकर रुक गई हो।

''नाइन-फाइव-फोर-टू...। नहीं जी, रौंग नम्बर...नहीं जी, यहाँ कोई फर्नीचर नहीं बिकता...आप दुबारा डायल कीजिए...'' और होंठ कसकर शशि ने ज़ोर से रिसीवर दोनों हाथ से खट से वापस रख दिया। 'हुं' नाक से हवा निकली। मन हुआ, टेलीफोन को उठाकर पटक दे ज़ोर से ज़मीन पर।

धनुष की खिंची प्रत्यंचा-सा वातावरण ढीला हुआ और छूटी हुई स्प्रिंग-सी अटकी साँस लौटकर आई...जिस टेलीफोन की आशा, नहीं आशंका, कर रहे थे यह वो नहीं है। नमिता ने फिर सिर हत्थे पर टेक दिया। उसके बिना तेल के धुले बाल बाँह पर बिखर आए। शशि अपनी जगह से उठकर अपने कपड़े समेटती धीरे-धीरे चलकर नमिता वाले सोफे के दूसरे हत्थे पर आहिस्ता से बैठ गई। बड़े हौले से उसके रूखे बालों पर हाथ फेरा। घुटे और भीगे स्वर में कहा, ''नमिता, घबरा मत...दिल कड़ा कर...इतनी समझदार होकर अगर तू ऐसे करेगी तो कैसे होगा? देख, भगवान ने चाहा तो सब ठीक हो जाएगा...'' नमिता ने सिर उठाया और मुड़कर ज़ोर से बैठी हुई शशि की जाँघ पर पटक दिया, ''मैं क्या करूँ दीदी?'' वह फफक-फफककर रोने लगी। शशि सिर्फ उसके हिलते कंधों और रूखे बालों को सहलाती रहीं, ''नहीं, इस तरह हिम्मत नहीं छोड़ते निम्मी..'' खुद उसके गालों पर आँसू ढुलक आए। मगर आज वह नमिता की स्थिति में होती तो क्या इसी तरह शांत बैठी दूसरों को समझाती होती? मान लो, बंटू बाबू की जगह वीरेश्वर

ही गए होते...। नमिता ने अपने शरीर का हर भाग ऐसी सावधानी से कपड़ों में छिपा लिया था मानो अपने मनहूस अंग की उंगली दिखाते ही उसे शर्म आ रही हो...अभागिन...! उमा फिर खिड़की के पास जाकर बरसते पानी को देखने लगी थी। थोड़ी-थोड़ी देर बाद कराहने की-सी आवाज़ निकालकर अंकल भकुओं की तरह चारों ओर ताक रहे थे। शशि नमिता का एक हाथ अपने हाथों में लेकर उसकी कलाई और उंगलियों को सहलाती, सान्त्वना देती रही...नमिता के नाख़ून बड़े सुन्दर हैं, जैसे प्याज़ के भीतर का चमकदार गुलाबी झलक मारता रंग हो... उसकी पतली-पतली काली चूड़ियों पर हाथ फेरते हुए अचानक उसे लगा...हो सकता है... हो सकता है...बात इतनी भयानक थी कि उसे सोचते डर लगता था।

टक्-टक्...टक्-टक्...! लगता था, जैसे एक बड़ा भारी पेण्डुलम इस दीवार से उस दीवार तक हिल रहा है और इन सब लोगों को तहख़ाने में बन्द करके टाइमबम रख दिया है—इस तरह सबकी निगाहें और कान टेलीफोन पर लगे थे... जैसे इस बार की टक् के साथ बम फट पड़ेगा...पता नहीं, कितनी चाबी और बची है...असली ‘टक्’ भी हो पाए या नहीं। घुटन का अजगर वातावरण में बैठा ज़हरीली साँसें छोड़ रहा था। रह-रहकर फुरहरी दौड़ जाती है, उफ़, जाने क्या होगा...?

भगवान् के दरबार में सच्चे दिल से प्रार्थना करना समाप्त करके अंकल ने इतनी देर बाद मानो ध्यान हटाने को फिर अपनी बात दुहराई, ‘‘मज़ाक-मज़ाक में मान लो, किसी ने कुछ कह ही दिया हो, तो कहीं इस तरह बुरा माना जाता है? पता नहीं, ये आजकल के लड़के भी काहे के बने हैं...जब हम इतने बड़े थे...’’

शशि को बड़ी चिनचिनाहट छूट रही थी। अंकल इस वक्त भी अपनी वही बेवकूफी की दकियानूसी बातें किए जा रहे हैं। कितने संकट का क्षण है...वे ज़रा चुप नहीं रह सकते? वे वीरेश्वर के दूर के चाचा हैं, लेकिन वहीं रहते हैं। पेंशन पाते हैं। साँस का रोग है। चेहरा कमज़ोरी और बुढ़ापे की झुर्रियों से सूखकर छुआरा हो गया है। सिर पर एक-एक इंच के सफेद खड़े बाल और चार दिन की बनी हज़ामत, बाहर की ओर निकले कान, चिपचिपाती आँखों के साथ चेहरे पर बेवकूफी का भाव देखकर शशि को अजब-सी अकारण झुँझलाहट होती है। झल्लाकर उसने जवाब दिया, ‘‘और कोई मज़ाक भी हो...’’

उमा मुड़ी। उसके चेहरे की रेखाएँ उमड़ती रुलाई और उत्तेजना से अभी भी इस तरह काँप रही थीं जैसे लहरों पर पड़ा कपड़ा कभी सिकुड़ जाता है, कभी सिमट जाता है। सहारे के लिए खिड़की के खुले किवाड़ को पकड़े हुए उसने कहा, ''अच्छे-खासे सभी लोग बैठे खाना खा रहे थे। सभी तरह के मज़ाक होते हैं। रोज़ ही होते हैं। जो जिसके जी में आता है बकता है। कोई नई बात तो थी नहीं। वीरेश्वर बाबू ने अगर बात कह भी दी तो...''

पति की बात आते ही शशि ने नमिता का सिर थपकना छोड़कर कहा, ''भाभी, तुम तो सुन रही थीं, उन्होंने तो कुछ ऐसा कहा भी नहीं था। सिर्फ इतना ही पूछा था कि मेल हो गया?''

''सो बस, यही तो गज़ब हो गया...'' उमा ने एक हाथ से दूसरे पर ताली बजाई। ''बंटूजी को लगा, नमिता के सिवा इस बात को घर-भर में फैला ही कौन सकता है?''

''इसमें फैलाने की बात क्या है भाभी? तुम्हीं बताओ, ऐसी बात कहीं छिपी रहती है...? लेकिन हमारे यहाँ तो अजब रीत है न, दुनिया चाहे जान जाए, लेकिन घरवालों के कानों में भनक न पड़े...'' शशि ने गर्दन हिलाकर कहा, ''यहाँ तुमने बात छिपा ली, और जब कल अखबार में ये सारी बातें बड़े-बड़े हरफों में निकलेंगी, तब क्या होगा?''

इस बात का जवाब न देकर उमा ने गहरी साँस ली, ''मैं तो उसी वक्त समझ गई थी कि बंटू भैया को वीरेश्वर जी का मज़ाक चुभ गया है। एकदम चेहरा उतर गया।''

''यों भाभी, कहने को चाहे जो कुछ कह लो, उसमें कोई ऐसी बात तो थी नहीं...। होनहार बात, किसी के सिर पड़ गई। नमिता और बंटू बाबू में अबोला चल रहा है, घर में इसे कौन नहीं जानता? नौकर-चाकर तक तो जानते हैं।'' अगर कहीं कुछ हो-हवा गया तो सारा दोष उसके पति के सिर मढ़ा जाएगा, इस आशंका से शशि वीरेश्वर का बचाव किए जा रही थी।

बटेर की तरह कभी इधर और कभी उधर की बातें सुनते हुए अंकल बीच में बोल पड़े, ''लेकिन, अगर नमिता बी.ए. में एडमीशन लेकर पढ़ने लगे तो इसमें ऐसी लड़ाई और न बोलने की क्या बात है?''

शशि झल्ला उठी, ''आप समझते तो हैं नहीं अंकल, बीच-बीच में अपनी छौंकते हैं।''

अंकल खिसिया गए। शशि का लहज़ा और फिर उसका प्रभाव—उमा को बहुत बुरा लगा। मुझे तो अभी समझा रही थी और खुद इस तरह काटने को दौड़ती है। उसने मुलायम स्वर में बताया, ''अंकल जी, बात यह नहीं थी। यह तो तय हो गया था। यों नमिता बी.ए. करे, इसमें बंटू भैया इतना बुरा क्यों मानते? कहीं किसी से इसने यह कह दिया बताते हैं कि—इनकी हरकतें देखते हुए कम से कम मौके पर अपने पाँव पर खड़े होने के लिए मुझे बी.ए. कर ही लेना चाहिए। पढ़ा तब भी खाऊँगी।—उसे भी ज़िद आ गई कि सौत भी लाकर बैठाऊँगा और तुझे बी.ए. भी नहीं करने दूँगा। खैर, फिर इस बात पर राज़ी हो गया था...''

'धम-धम' एक-दूसरे को भागकर पकड़ने की कोशिश करते हुए रीना और अमित ने उमा की बात तोड़ दी। दोनों ने पहले भागते हुए कमरे का एक चक्कर लगाया और फिर अमित शशि को आड़ में लेकर पैंतरे बदलने लगा। शशि को लग रहा था जैसे वह अपनी पर्याप्त सफाई नहीं दे पाई है और अंकल के प्रति मुलायम व्यवहार दिखाकर उमा ने उसकी अशिष्टता को और भी उजागर कर दिया है। कड़े हाथों से अमित को भीतर धकेलती हुई बोली, ''जाओ, भीतर जाओ। अभी तुम्हें मना किया था न? हम अपनी परेशानी में मरे जा रहे है और तुम्हें हुड़दंग सूझ रहा है।''

'अपनी परेशानी' की बात याद आते ही मानो स्थिति की गम्भीरता फिर नये सिरे से सारे वातावरण पर तारी हो गई। सब अपनी-अपनी बात भूल गए। एक-साथ ग्लानि कचोट उठी। ऐसे संकट के गम्भीर अवसर पर भी सब अपना-अपना मोर्चा साध रहे हैं। साथ ही शशि को लगा कि स्थिति की गम्भीरता को ही भुलाए रखने के लिए जान-बूझकर वे लोग व्यर्थ की बातों में उलझे थे। खुशामद से उमा बोली, ''शशि, पूछो न क्या हुआ..''

शशि का एक कान फोन पर लगा था। उसने धीरे-से थपककर नमिता का सिर अपनी जाँघ से उठाया—जैसे कह रही हो, नमिता तुम तो गलत मत समझना। नमिता अपनी बड़ी-बड़ी रुआँसी लाल-लाल आँखें उठाकर डायल घुमाती शशि की पीठ को देख रही थी।

''हल्लो, पुलिस हेडक्वार्टर! जी मैं नाइन-फाइव-फोर-टू से बोल रही हूँ... जी, कुछ पता लगा?...एक साहब गाड़ी लेकर...जी हाँ, जी हाँ, वे ही लोग उनके पीछे गए हैं...डी.आई.जी. उन्हें लेकर खुद गए हैं? जी...जी...देखिए, जैसे ही खबर

मिले, हमें फौरन ही रिंग कीजिए...जी, यहाँ हम लोग तो बहुत ही घबरा रहे हैं—चौकियों पर खबर भेज दी है? जी, बहुत-बहुत शुक्रिया...''

फिर टेलीफोन रखकर बताया, ''कहते हैं, डी.आई.जी. खुद उन लोगों को बैठाकर जीप में पीछे गए हैं—चौकियों पर कार का नम्बर वगैरा तो सब दे दिए हैं—अभी तक कोई खबर नहीं मिली है—लेकिन जल्दी ही कुछ न कुछ सूचना मिलेगी ही...''

यह पानी है कि आफत, लगातार एकरस बरसे ही चला जा रहा है। शशि के मन में आया कि काश इस समय एक प्याला कॉफी का मिल जाता गरम-गरम ...लेकिन इस अवसर पर तो ऐसी बात सोचना भी अनुचित है...अजब-अजब तस्वीरें उसके सामने कौंध रही थीं।

अंकल की साँस फिर उभरने लगी थी। उसे दबाने के लिए ठण्डी हाय भरकर हाथों को कलाई से घुमाया और झटका देकर अपने आप से बोले, ''पागलपने में जाने क्या करे...''

उमा की ठोढ़ी और निचला होंठ काँप रहे थे। होंठ को दाँतों से समेटकर दबाए हुए उसने दोनों हाथ सामने छाती पर बाँध लिए थे और बाँहों पर उँगलियों को जल्दी-जल्दी चला रही थी—मानो ज़बर्दस्ती आँसू रोक रही हो...। मुड़कर बोली, ''शशि, मुझे तो चक्कर आ रहे हैं। जाने क्या कर डाले? कहीं गाड़ी ही कुदा दे...या पेड़ों से टक्कर ही मार दे...''

पहला ख्याल शशि को आया कि कम्पनी के चालीस हज़ार गाड़ी के देते-देते ज़िन्दगी निकल जाएगी—बीमे और प्रॉवीडेण्ट फण्ड दोनों को मिलाकर मुश्किल से आधा हो जाएगा...। उनके दिमाग में फिल्मों और अखबारों में देखी तस्वीरें कौंध गईं...टूटी-फूटी, मुड़ी-तुड़ी एक गाड़ी पहाड़ी ढलान पर लुढ़कती हुई औंधी-सीधी किसी पेड़ या चट्टान से अटककर रुक गई है...और बंटू बाबू विंडस्क्रीन तोड़ते हुए कपड़े के पुतले की तरह खड्डे में गिरते चले जा रहे हैं...दूसरी तस्वीर...पीछे से जीप में पहुँचकर ये लोग देखते हैं कि एक भारी पेड़ से टकराकर गाड़ी चकनाचूर हो गई है। उसके कल-पुर्जे बिखर गए हैं और उसमें आग लग गई है...धुएँ के बगूलों के साथ शरीर जलने की चिरायंद आ रही है...भीतर जली हुई रबर के ढेर-सा कुछ पड़ा है—शशि के दोनों कंधों को जैसे किसी बर्फीले हाथ ने पकड़कर झकझोर दिया...सारा शरीर झनझना उठा। उसने एक हाथ को दो उंगलियों से कसकर पलकें दबा लीं और सिर पीछे टिका दिया...पता नहीं, जाने क्या खबर

आनेवाली है...? उधर से भर्राए और घबराए गले से शंकरबाबू या वीरेश्वर कहें, ''शशि...'' और हो सकता है, अगली बात कही जाए या न कही जाए...फिर वह सुहाग की भीख माँगती निगाहों से देखती हुई नमिता के पास उठकर चली जाएगी और फिर उनकी दोनों कलाइयाँ पकड़कर चरर-चरर सारी चूड़ियाँ तोड़ देगी...हो सकता है एकाध चूड़ी खुद भी उसके चुभ जाए, लेकिन ऐसे समय उसका ख्याल ही क्या...? और तब नमिता इतनी ज़ोर से चीख पड़ेगी कि इस घर की छत उड़ जाएगी...तभी अचानक सब देखेंगे कि यह बारिश थम गई है...यह बारिश भी तो आज कैसी मनहूसियत से बरसे जा रही है...जैसे किसी की जान लेकर ही बन्द होगी। कौन जाने, शायद पानी इसीलिए बरस रहा हो। उसे याद आया, उमा ने कुछ कहा था। पलकें मसलती जैसे नींद से जागी हो, वह बोली, ''खैर, गाड़ी-वाड़ी की तो कोई बात नहीं है। बस, बंटू बाबू लौट आएं।''

टहलती हुई उमा पहले नमिता के पास आई। कुछ देर खड़ी रही। नमिता के सफेदी-पुते चेहरे पर बड़ी-बड़ी आँखें ही खुली थीं। वह अपलक, एकटक बल्ब को देखे जा रही थी। बादलों के कारण दिन में भी बिजली जली थी। आँसुओं की दो धारियां गालों से बाहर ठोढ़ी के दोनों ओर होती हुई गोद में रखे उसके हाथों पर गिर रही थीं। फिर उमा ठण्डी साँस छोड़ कर टेलीफोन के पास आ गई और उन्हीं निगाहों से उसे घूरने लगी...जैसे साँप को कील रही हो। अब यह अशुभ नहीं करेगा—अगर मैंने ज़िन्दगी में कुछ भी अच्छा किया हो तो आज की मेरी यह आत्मा की आवाज़ सच्ची हो जाए। उसे लगता था जैसे टेलीफोन अब बजा...अब बजा...हर क्षण लगता जैसे एक कड़कड़ाती हुई बिजली है जो इन अभिशप्त लोगों की छत पर मंडरा रही है...जाने कब टूट पड़े...जैसे उसे अब टूटना ही है...।

और सचमुच टेलीफोन बजने लगा। कलेजे उछल कर मुँह को आ गए ...जाने क्या खबर आई। अंकल का छाती पर लटका सिर झटके से सीधा हो गया। घण्टी ज़रा-सी बजकर चुप हो गई...नहीं, यों ही कोई खराबी होगी। मगर पल-भर बाद ही पूरे ज़ोर से बजने लगी, उमा ने उठाया तो शशि ने झपटकर रिसीवर उसके हाथों से छीन लिया। उमा का दिल कमज़ोर है, कोई ऐसी-वैसी खबर सुनकर जाने क्या हो जाए। उसे फिर गर्व हुआ...अपने साहस से वही तो सारी स्थिति को सँभाले हुए है, वर्ना इन लोगों से कुछ हो पाता? नमिता की आँखों में ज़िन्दगी और मौत झूल गई। लगा, जैसे इस घण्टी की आवाज़ भी सामान्य नहीं है—उसमें कुछ नयापन है।

''क्यों–?'' शशि की भौंहें और एक ओर का गाल झुँझलाहट से सिकुड़ गए। वह नाक के स्वर में बोली, ''ट्रंक? कहाँ से? जबलपुर से? नहीं जी, यहाँ इस समय कोई नहीं है। आप कैंसिल कर दीजिए...जी, वे हैं नहीं...कहीं बाहर गए हैं...कोई भी नहीं है...एकदम ठीक नहीं है, कब आएँगे...'' गुस्से से उसने फोन रख दिया। दाँत पीसकर बोली, ''जितने भी बेकार के फोन हैं। सभी को अभी आना है...''

तनी हुई नसें फिर ढीली हुईं। फिर गहरी साँस निकल गई और फिर उमा टहलती हुई खिड़की के पास चली गई...बेचारी नमिता...। शशि को अपनी ही बात खटकी। उसे यों नहीं कहना चाहिए था कि 'उनके आने का एकदम ठीक नहीं है' कुछ और ही कह देती। कह देती, बाहर गए हैं। कहीं उसकी बात ही सच्ची न हो जाए...जैसे उस दिन झूलते अमित को देखकर उसने सोचा था कि कहीं गिर न जाए, और तभी वह गिर पड़ा था। उसका अच्छा सोचा चाहे सच हो या न हो, लेकिन बुरा सोचना अदबदाकर सच हो जाता है। जाने क्यों उसे लग रहा था, जैसे इस सारे काण्ड की ज़िम्मेदारी उसी पर है—अगर नमिता का सिंदूर पुंछ गया तो अपनी अदालत में दोषी वही होगी। अजब-सा खयाल आया, नमिता सिंदूर लगाए हुए भी है या नहीं...उमा से तो कुछ होगा नहीं...वह तो बेहोश हो जाएगी। चाहे बेहोश न हो, गिरने का बहाना तो करेगी ही। इसलिए उसे यों ही छोड़कर वह नमिता के पास जाएगी। हाँ, बिना घबराए पहले वह टेलीफोन जगह पर रख देगी। नमिता का सिर अपनी छाती से चिपकाकर सान्त्वना देगी। तब दूसरे हाथ में पल्ला लेकर धीरे-से उसकी माँग का सिन्दूर पोंछ देगी। (सिंदूर तो शायद धोबी के यहाँ धुल जाता है।) लेकिन उसे यह भी तो नहीं पता कि पहले सिंदूर पोंछा जाता है या चूड़ियाँ तोड़ी जाती हैं...? कैसे लगेगी नमिता...? वह उसे एकटक देखती रही...आसमानी साड़ी सफेद बिना किनारे की साड़ी में बदल गई—आँखों के आस-पास गोल दायरे खिंच आए...कोई साज-सिंगार नहीं... खुले हुए केस—बेचारी की सारी ज़िन्दगी....! और हो सकता है नमिता उस वेश में और भी खिल उठे...

फिर शशि ने अपने को धिक्कारा...छिः, कैसी बातें सोचती है वह? हो चाहे जो, लेकिन कम से कम उसे सोचना तो नहीं ही चाहिए। जाने कैसे नमिता ने जान लिया कि शशि उसे ही देख रही है। एक बार गुलाबी-गुलाबी डोरोंवाली आँखों में मुस्कुराहट उभरी...घबराओ मत, मैं हर स्थिति को स्वीकार करने को

तैयार हूँ। नमिता ने अब अपने-आपको तैयार कर लिया है...शशि को लगा नमिता उसके मन में उठने वाले हर भाव को पढ़ रही है...क्या सोचेगी? वह घबरा उठी, उसे पहली बार नमिता पर अफसोस हुआ, तरस आया। वीरेश्वर ने ऐसा मज़ाक बंटू बाबू से क्यों किया? सचमुच मज़ाक में इन्हें कहनी-अनकहनी बात का ध्यान नहीं रहता। यों बात तो इतनी ही थी कि 'हो गया मेल?' लेकिन उसमें छिपा था, अब मेल हो गया तो फिर तुम गहने और रुपये बीवी से माँगकर ले जाओगे ...फिर उस क्रिश्चियन स्टेनो फ्लेडिल्ला पर उड़ाओगे... और हो सकता है कि फिर वह किसी होटल या रेस्तरां में हार या घड़ी पहने मिल जाए और नमिता पहचान ले कि चीज़ उसकी है...फिर घर पर वही दृश्य उपस्थित हों...इतना सब था उस एक ज़रा-सी मज़ाक की बात में। बात खुद उसे भी तो खटकी थी। लगा था कि उसे वीरेश्वर को यह सब बताना नहीं चाहिए था...जानती है इनके पेट में बात नहीं पचती, फिर भी...। बंटू बाबू समझते हैं कि नमिता ही सबसे कहती हुई उसके खिलाफ मोर्चा बनाने में लगी है। बेचारी नमिता...

तभी सहसा भीतर किसी ने रेडियो खोल दिया तो सब इस तरह चौंक उठे, मानों भीषण घुटन में सहसा किसी ने खिड़कियाँ खोल दी हों...मद्रास टेस्ट-मैच की कमेण्ट्री आने लगी, अमित होगा। उसे झुँझलाहट आई...इतना बड़ा हो गया, इसे इतना खयाल नहीं है कि यहाँ इतनी बड़ी घटना होने जा रही है और ऐसे ज़ोर-ज़ोर से रेडियो बजाकर कमेन्ट्री सुन रहा है...धीमे ही सुन ले। मन में आया, ज़ोर से चिल्लाकर रेडियो बन्द कर दे। ध्यान हुआ, अगर टेलीफोन आया तो इस शोर के कारण बात भी साफ नहीं सुनाई देगी—और रेडियो की आवाज़ से ज्यादा तो मौसम की खड़खड़ है...। उमा से उसने खुशामद के स्वर में कहा, ''भाभी, इसे ज़रा बन्द करा दो न, अच्छा नहीं लगता...'' उमा दूसरे कमरे में चली गई। रेडियो सहसा एकदम बन्द हो गया...

अचानक लगा, जैसी भीषण शांति छा गई हो...बस पानी की टपर-टपर और मेंढ़कों या झींगुरों की आवाज़ें...बहुत ही असहनीय हो उठा तो शशि उठकर फिर नमिता के पास आ बैठी...यहाँ से, भीतर के कमरे में माथे पर कलाई रखे चित लेटी उमा का धड़ दिखाई देता था। किसी को कुछ बोलने को नहीं था...बस, थी उस अपरिहार्य की निरुद्विग्न प्रतीक्षा...नमिता के कंधे से लगकर पूछा, ''फिर कुछ कहा-सुनी हो गई थी क्या?''

''नहीं तो। कसम से दीदी, एक भी बात नहीं हुई।'' अंकल दीवार से टिककर

आँखें बन्द किए मानो होंठों ही होंठों में प्रार्थना कर रहे हों...काश इसी समय इन्हीं की प्रार्थना काम आ जाए।

''कुछ कहते थे क्या?'' शशि को अनिच्छापूर्वक मन ही मन स्वीकार करना पड़ रहा था कि उसके पति का मज़ाक ही इस सबका कारण है।

''कुछ भी नहीं...'' गला साफ करके इस बार ज़रा संयत स्वर में नमिता ने सिर घुमाकर कहा। उसके चेहरे से लगा, मानो वह जताना चाहती हो कि जितना कमज़ोर उसे समझा जा रहा है उतनी निरीह और निर्बल वह है नहीं...अगर कुछ हो भी गया तो वह सहेगी...

और तब फिर घंटी बजी...दहशत-ज़दा आँखों से नमिता ने इस तरह देखा, जैसे टेलीफोन से दो हाथ निकलकर उसकी गर्दन घोंट देंगे...और शशि फोन को इस तरह देखती रही जैसे युद्ध के मैदान में आराम करते सिपाहियों के बीच अचानक दुश्मन का गोला आ पड़े और चकरघिन्नी की तरह फटने के लिए घूमना शुरू कर दे...निश्चय ही इस बार वही सूचना है जिसकी इतनी देर से राह देख रहे हैं... इस बार की आवाज़ तो निश्चय ही बड़ी मनहूस-सी है...शशि को लगा, जैसे उसकी दाहिनी आँख फड़कने लगी हो...समझ में नहीं आया कि उसे करना क्या है, फिर मन हुआ कि काश, वह दुस्संवाद उसे न सुनना पड़े....टेलीफोन बजता रहा...उठने की ताकत नहीं थी फिर भी पाँब घरीटती हुई पहुँची...उमा चौखट से टिकी बिना हिले स्तब्ध सुन रही थी...अंकल दोनों हाथ सामने टेककर बन्दर की तरह झुक आए थे।

''हाँ जी...नाइन-फाइव-फोर-टू बोल रही हूँ...'' रिसीवर कान से लगाते ही लगा कि वह नमिता को आखिरी बार इस वेश में देख रही है...''जी, क्या कहा? विश्नपुर चौकी से थ्री-नाईन-सेविन गाड़ी पास हुई है? पीछे-पीछे जीप में वे लोग भी हैं...और कोई खबर तो नहीं है? थैंक्यू जी...बहोत...बहोत शुक्रिया...''

शशि ने टेलीफोन रखा तो एक अद्भुत रोमांच से उसके हाथ काँप रहे थे। चेहरे की तनावट कम हुई और संतोष की साँस उभरी। ''चलो, पता तो लग गया...। भाभी, अभी तक तो कुछ किया नहीं है।''

मुस्कराहट नमिता के चेहरे पर भी आई। पल्ले से उमा ने आँसू पोंछे, लेकिन लगा, इतने बड़े खतरे की सम्भावना का यों समाप्त हो जाना किसी के गले नहीं उतर रहा था...खतरा टल गया, विश्वास नहीं होता था। थोड़ी देर चुप्पी रही। लगा, पानी कुछ कम हुआ है।

''असली खतरा तो अभी है...'' अंकल ने मानो फिर वातावरण के धनुष की डोरी को खींचकर चढ़ा दिया, ''ऊबड़-खाबड़ पहाड़ी सड़क है। पानी बरस रहा है, न मालूम कहाँ सड़क कट-फट गई हो या कोई चट्टान ही लुढ़क आई हो...पुलिस की जीप पीछे देखकर जाने बौखलाहट में क्या कर बैठे...? ज़रा-से में बैलेन्स बिगड़ जाए, ब्रेक काम न करें और स्टीयरिंग न सँभले...'' वे खुद अपने-आपसे बोलते रहे।

और सभी के दिमाग में फिल्म की तरह एक दृश्य घूम गया...तेज़ बौछार में चर्र-चर्र पानी उछालती आँधी की तरह भागती चली जाती गाड़ी...हर मोड़ पर ब्रेकों की रगड़ कैं-कैं कर उठती है...विण्डस्क्रीन पर लहरों में पानी उतरा चला आ रहा है और पतले-पतले वाइपर जल सर्पों-से मचल रहे हैं...ड्राइवर की एक आँख आड़े किए हुए शीशे पर लगी है और उसमें पीछे से आती जीप के हिस्से दीख रहे हैं...लांग-शॉट में एक दृश्य...पहाड़ के मोड़ों पर आँख-मिचौनी खेलती एक लम्बी-सी गाड़ी और पीछा करती जीप...मोड़ पर एक-एक करके दीखती हैं तो चढ़ाव पर दोनों...सारी घाटी मोटरों की जूँ-जूँ से गूँज रही है...और फिर सहसा झटके से सारी रील टूट जाती है...अन्तिम सीन ही बस कौंधता रह जाता...सड़क के मोड़ पर संभल न पाने के कारण पानी में फिसलती अपनी पूरी तेज़ी से छलांग लगाकर पेड़ों के ऊपर से घाटी में कूदती लम्बी-सी गाड़ी...और बुरी तरह झटका लेकर रुकती हुई जीप...

शशि अचानक चौंकी। आया आकर पूछ रही थी, ''मुन्ना बाबू को ग्लैक्सो दे दें या ओवल्टीन?'' उसके दिमाग में आया, ये नौकर बार-बार बच्चों के बहाने आ-आकर स्थिति का पता लगा रहे हैं। इन्हें भी तो लगा होगा कि आखिर क्या हुआ। और नौकरों की चालाकी पर उस स्थिति में भी वह मुस्करा पड़ी। नरमी से आया के संयत चेहरे को गम्भीरता से देखते बोली, ''आया, उसे ओवल्टीन पिला दो...'' और फिर दिमाग में आए हुए दृश्य को ज़बरदस्ती झुठलाकर बोली, ''अब तो मेरा मन कहता है—कुछ नहीं होगा। भगवान से मनाओ, कुछ न हो...'' और इतनी देर में पहली बार उसने सच्चे दिल से भगवान से प्रार्थना की कि प्रभो, जैसे भी हो इस बार पति की लाज रख लो... । फिर जो इच्छा हो सो करना... आया चली गई थी। उसके मन में आया, नमिता से प्यार में डाँटकर कहे—यहाँ खड़ी क्यों है, जाकर भगवान की प्रार्थना कर बुद्धू, तू नहीं जानती, तेरे ऊपर आई कितनी बड़ी मुसीबत को उन्होंने टाल दिया... । लेकिन अभी यह सब कहना,

सोचना ठीक नहीं। हो सकता है, सारा पांसा ही पलट जाए...अंकल उमा से कुछ कह रहे थे...उसने नहीं सुना। यही कह रहे होंगे कि बंटू को पहाड़ पर गाड़ी चलाने का अभ्यास नहीं है।

फिर टेलीफोन बजा। इस बार उधर शंकर थे, ''हाँ शंकर भैया, मैं ही हूँ शशि। पेट्रोल बिल्कुल नहीं बचा था क्या? तभी...टकराई-वकराई तो नहीं...? खैर, गाड़ी के खरोंचें तो ठीक हो जाएँगे...कुछ और तो नहीं हुआ न? आनन्द से उसकी आँखों में आँसू आ गए। फिर भी मज़ाक में बोली, ''थोड़ा पेट्रोल और डलवा दो ना, ज़रा और रेस हो जाए...आएँ तो बंटू बाबू यहाँ...भाभी तो अपने भैया को जब तक आँखों से नहीं देख लेंगी...उन्हें चैन नहीं पड़ेगा। फिर खुद उसने टेलीफोन पटका और बच्चों की तरह ताली बजाती उछल पड़ी...ऊपर की ओर हाथ जोड़कर अंकल रो पड़े...।

और बस जैसे गहरे पानी के दमघोंटू तले से उभरकर ऊपर आ गए...मानो इतनी देर में पहली बार साँस ली। उमा धम से धरती पर बैठ गई—जैसे मीलों की चढ़ाई पैदल करके आई है...ओस-लदे फूल-सी नमिता मुस्कराई...मानों वह पहले से ही जानती थी कि कुछ भी नहीं होगा। एक क्षण को सब कुछ रुक गया। फिर शशि बोल पड़ी, ''आने दो आज बंटू बाबू को, ऐसे आड़े हाथ लूँगी कि याद रखोगे। पूछूँगी, ऐसा मज़ाक भी किस काम का? हगारे तो प्राण निकाल लिए...'' हँसकर कहा, ''भाभी, तुम्हें दिल का दौरा नहीं पड़ा! मैं तो डर रही थी कि कहीं तुम्हें दौरा पड़ गया तो ऐसे में सँभालना भी मुश्किल पड़ जाएगा...!''

फिर सब एक-दूसरे से अधिक आवेश में, बिना दूसरे की बात सुने बताते रहे कि इस बीच में किस-किसने क्या-क्या सोचा...उमा ने कितने का प्रसाद बोला था और कैसे सबको एकदम विश्वास था कि कुछ भी नहीं होगा...। ऊपर से शोर और खुशी थी लेकिन भीतर पहले से भी अधिक उदासी और घना सन्नाटा छा गया था...लग रहा था जैसे उनके साथ गहरा धोखा किया गया है...मानो दिन-भर की तैयारी के बाद कोई दुनिया-भर की मुसीबतें उठाकर खेल देखने पहुँचे और वहाँ जाकर पता चले कि खेल तो स्थगित हो गया...।

अभिमन्यु की आत्महत्या

I shall depart. Steamer with swaying masts, raise anchor for exotic landscapes.

—'Sea Breeze'
Mallarme

तुम्हें पता है, आज मेरी वर्षगाँठ है और आज मैं आत्महत्या करने गया था?

मालूम है, आज मैं आत्महत्या करके लौटा हूँ?

अब मेरे पास शायद कोई 'आत्म' नहीं बचा, जिसकी हत्या हो जाने का भय हो। चलो, भविष्य के लिए छुट्टी मिली!

किसी ने कहा था कि उस जीवन देने वाले भगवान को कोई हक नहीं है कि हमें तरह-तरह की मानसिक यातनाओं से गुज़रता देख-देखकर बैठा-बैठा मुस्कराये, हमारी मजबूरियों पर हँसे। मैं अपने आपसे लड़ता रहूँ, छपटपटाता रहूँ, जैसे पानी में पड़ी चींटी छटपटाती है, और किनारे पर खड़े शैतान बच्चे की तरह मेरी चेष्टाओं पर 'वह' किलकारियाँ मारता रहे! नहीं, मैं उसे यह क्रूर आनन्द नहीं दे पाऊँगा और उसका जीवन उसे लौटा दूँगा। मुझे इन निरर्थक परिस्थितियों के चक्रव्यूह में डालकर तू खिलवाड़ नहीं कर पाएगा कि हल तो तेरी मुट्ठी में बंद है ही। सही है, कि माँ के पेट में ही मैंने सुन लिया था कि चक्रव्यूह तोड़ने का रास्ता क्या है, और निकलने का तरीका मैं नहीं जानता था...लेकिन निकलकर ही क्या होगा? किस शिव का धनुष मेरे बिना अनटूटा पड़ा है? किस अपर्णा सती की वरमालाएँ मेरे बिना सूख-सूखकर बिखरी जा रही हैं? किस एवरेस्ट की चोटियाँ मेरे बिना अछूती बिलख रही हैं?—जब तूने मुझे जीवन दिया है तो 'अहं' भी दिया है, 'मैं हूँ' का बोध भी दिया है, और मेरे उस 'मैं' को हक है कि वह किसी भी चक्रव्यूह को तोड़कर घुसने और निकलने सो इंकार कर दे...और इस तरह तेरे इस बर्बर मनोरंजन की शुरुआत ही न होने दे...

और इसीलिए मैं आत्महत्या करने गया था, सुना?

किसी ने कहा था कि उस पर कभी विश्वास मत करो, जो तुम्हें नहीं तुम्हारी कला को प्यार करती है, तुम्हारे स्वर को प्यार करती है, तुम्हारी महानता और तुम्हारे धन को प्यार करती है। क्योंकि वह कहीं भी तुम्हें प्यार नहीं करती। तुम्हारे पास कुछ है जिससे उसे मुहब्बत है। तुम्हारे पास कला है; हृदय है, मुस्कुराहट है, स्वर है, महानता है, धन है और उसी से उसे प्यार है; तुमसे नहीं। और जब तुम उसे वह सब नहीं दे पाओगे तो दीवाला निकले शराबखाने की तरह वह किसी दूसरे मैकदे की तलाश कर लेगी और तुम्हें लगेगा कि तुम्हारा तिरस्कार हुआ। एक दिन यही सब बेचनेवाला दूसरा दुकानदार उसे इसी बाज़ार में मिल जाएगा और वह हर पुराने को नये से बदल लेगी, हर बुरे को अच्छे से बदल लेगी, और तुम चिलचिलाते सीमाहीन रेगिस्तान में अपने को अनाथ और असहाय बच्चे-सा प्यासा और अकेला पाओगे...तुम्हारे सिर पर छाया का सुरमई बादल सरककर आगे बढ़ गया होगा और तब तुम्हें लगेगा कि बादल की उस श्यामल छाया ने तुम्हें ऐसी जगह ला छोड़ा है जहाँ से लौटने का रास्ता तुम्हें खुद नहीं मालूम...जहाँ तुममें न आगे बढ़ने की हिम्मत है, न पीछे लौटने की ताकत। तब यह छलावा और स्वप्न-भंग खुद मंत्र-टूटे सांप सा पलटकर तुम्हारी ही एड़ी में अपने दाँत गड़ा देगा और नस-नस से लपकती हुई नीली लहरों के विष बुझे तीर तुम्हारी चेतना के रथ को छलनी कर डालेंगे और तुम्हारे रथ के टूटे पहिये तुम्हारी ढाल का काम भी नहीं दे पाएँगे...कोई भीम तब तुम्हारी रक्षा को नहीं आएगा।

क्योंकि इस चक्रव्यूह से निकलने का रास्ता तुम्हें किसी अर्जुन ने नहीं बताया—इसीलिए मुझे आत्महत्या कर लेनी पड़ी और फिर मैं लौट आया—अपने लिए नहीं, परीक्षित के लिए, ताकि वह हर साँस से मेरी इस हत्या का बदला ले सके, हर तक्षक को यज्ञ की सुगंधित रोशनी तक खींच लाए।

मुझे याद है : मैं बड़े ही स्थिर कदमों से बांद्रा पर उतरा था और टहलता हुआ 'सी' रूट के स्टैण्ड पर आ खड़ा हुआ था। सागर के उस एकान्त किनारे तक जाने लायक पैसे जेब में थे। पास ही मज़दूरों का एक बड़ा-सा परिवार धूलिया फुटपाथ पर लेटा था। धुआँते गड्ढे जैसे चूल्हे की रोशनी में एक धोती में लिपटी छाया पीला-पीला मसाला पीस रही थी। चूल्हे पर कुछ खदक रहा था। पीछे की टूटी बाउण्ड्री से कोई झूमती गुन-गुनाहट निकली और पुल के नीचे से रोशनी-अँधेरे

के चारखाने के फीते-सी रेल सरकती हुई निकल गई—विले पार्ले के स्टेशन पर मेरे पास कुल पाँच आने बचे थे।

घोड़बन्दर के पार जब दस बजे वाली बस सीधी स्टैण्ड की तरफ दौड़ी तो मैंने अपने-आपसे कहा—‘‘वॉट डू आई केयर? मैं किसी की चिन्ता नहीं करता!’’

और जब बस अन्तिम स्टेज पर आकर खड़ी हो गई तो मैं ढालू सड़क पार कर सागर-तट के ऊबड़-खाबड़ पत्थरों पर उतर पड़ा। ईरानी रेस्त्रां की आसमानी नियोन लाइटें किसी लाइटहाउस की दिशा देती पुकार जैसी लग रही थीं...नहीं, मुझे अब कोई पुकार नहीं सुननी...कोई और अप्रतिरोध पुकार है जो इससे ज़्यादा ज़ोर से मुझे खींच रही है। दौड़ती बस में सागर की सीली-सीली हवाओं में आती यह गम्भीर पुकार कैसी फुरहरी पैदा करती थी। और मैं ऊँचे-नीचे पत्थरों के ढोकों पर पाँव रखता हुआ बिल्कुल लहरों के पास तक चला आया था। अँधेरे के काले-काले बालों वाली आसमानी छाती के नीचे भिंचा सागर सुबक-सुबककर रो रहा था, लम्बी-लम्बी साँसें लेता लहर-लहर में उमड़ा पड़ रहा था। रोशनी की आड़ में पत्थर के एक बड़े से टुकड़े के पीछे जाने के लिए मैं बढ़ा तो देखा कि वहाँ आपस में सटी दो छायाएँ पहले से बैठी हैं। ‘ईवनिंग इन पेरिस’ की खुशबू पर अनजाने ही मुस्कराता मैं दूसरी ओर बढ़ आया। हाँ, यही जगह ठीक है, यहाँ से अब कोई नहीं दीखता। धम से बैठ गया था। सामने ही सागर की वह सीमा थी जहाँ लहरों के अजगर फन पटक-पटक कर फुंफकार उठते थे और रुपहले फेनों की गोटें सागर की छाती पर यहाँ-वहाँ अँधेरे में दमक उठती थीं। पानी की बौछार की तरह छींटे शरीर को भिगो जाते थे और पास की दरारवाली नाली में झागदार पानी उफन उठता था।

सब कुछ कैसा निस्तब्ध था। कितना व्याकुल था। हाँ, यही तो जगह है जो आत्महत्या-जैसे कामों के लिए ठीक मानी गई है। किसी को पता भी नहीं लगेगा। सागर की गरज में कौन सुनेगा कि क्या हुआ और बड़े-बड़े विज्ञापनों के नीचे एक पतली-सी लाइन में निकली इस सूचना को कौन पढ़ेगा? इस विराट बम्बई में एक आदमी रहा, न रहा। मैंने ज़रा झाँककर देखा—मछुओं के पास वाले गिरजे से लेकर ईरानी रेस्त्रां के पास वाले मण्डप तक, सड़क सुनसान लेटी थी। बंगलों की खिड़कियाँ चमक रही थीं और सफेद कपड़ों के एकाध धब्बे-से कहीं-कहीं आदमियों का आभास होता था। रात का आनन्द लेने वालों को लिए टैक्सी इधर चली आ रही थी।

असल में मैं आत्महत्या करने नहीं आया था। मैं तो चाहता था कोई मरघट-जैसी शान्त जगह, जहाँ थोड़ी देर यों ही चुपचाप बैठा जा सके। यह दिमाग में भरा सीसे-सा भारी बोझ कुछ तो हल्का हो, यह साँस-साँस में ररकती सुनाई की नोक-सा दर्द कुछ तो थमे। लहरें सिर पटक-पटककर रो रही थीं और पानी कराह उठता था। घायल चील-सी हवा इस क्षितिज से उस क्षितिज तक चीखती फिरती थी। आज सागर-मंथन ज़ोरों पर था। चारों ओर भीषण गरजते अँधेरे की घाटियों में दैत्यवाहिनी की सफें की सफें मार्च करती निकल जाती थीं। दूर, बहुत दूर, बस दो चार बत्तियाँ कभी-कभी लहरों के नीचे होते ही झिलमिला उठती थीं। बाईं ओर नगर की बत्तियों की लाइन चली गई थी। सामने शायद कोई जहाज़ खड़ा है, बत्तियों से तो ऐसा ही लगता है। इस चिंघाड़ते एकान्त में, मान लो, एक लहर ज़रा-सी करवट बदलकर झपट पड़े तो...? किसे पता चलेगा कि कल यहाँ, इस ढोंके की आड़ में, कोई अपना बोझ सागर को सौंपने आया था, एक पिसा हुआ भुनगा। मगर आखिर मैं जियूँ ही क्यों? किसके लिए? इस ज़िन्दगी ने मुझे क्या दिया? वहीं अनथक संघर्ष स्वप्नभंग, विश्वासघात और जलालत। सब मिलाकर आपस में गुत्थम-गुत्था करते दुहरे-तिहरे व्यक्तित्व, एक वह जो मैं बनना चाहता था, एक वह जो मुझे बनना पड़ता था...

और उस समय मन में आया था कि क्यों नहीं कोई लहर आगे बढ़कर मुझे पीस डालती? थोड़ी देर और बैठूंगा, अगर इस ज्वार में आए सागर की लहर जब भी आगे नहीं आई तो मैं खुद उसके पास जाऊँगा। और अपने को उसे सौंप दूँगा...कोई आवेश नहीं, कोई उत्तेजना नहीं...स्थिर और दृढ़...खूब सोच-विचार के बाद...

अँधेरे के पार से दीखती रोशनी के इस गुच्छे को देख-देखकर जाने क्यों मुझे लगता है कि कोई जहाज़ है जो वहाँ मेरी प्रतीक्षा कर रहा है। जाने किन-किन किनारों को छूता हुआ आया है और यहाँ लंगर डाले खड़ा है कि मैं आऊँ और वह चल पड़े। यहाँ से दो-तीन मील तो होगा ही। कहीं उसी में जाने के लिए तो मैं अनजाने रूप में से नहीं आ गया...क्योंकि वह मुझे लेने आएगा यह मुझे मालूम था। दिन-भर उस जानने को मैं झुठलाता रहा और अब आखिर रात के साढ़े दस बजे बम्बई की लम्बी-चौड़ी सड़कें, और कन्धे रगड़ती भीड़ें चीरता हुआ मैं यहाँ चला आया हूँ। जाने कौन मन में घिसे रिकार्ड-सा दिनभर दुहराता रहा है कि मुझे यहाँ जाना है। अनजान पहाड़ों को खूंखार तलहटियों से आती यह

आवाज़ हातिम ने सुनी थी और वह सारे जाल-जंजाल तोड़कर उस आवाज़ के पीछे-पीछे चला गया था। जाने क्यों मैंने भी तो जब-जब पहाड़ों के चीड़ और देवदारू-लदे ढलवानों पर चकमक करती बर्फानी चोटियों और लहराते रेशम से फैले सागर की तरंगों को आखँ भरकर देखा है, मुझे यही आवाज़ सुनाई दी है और मुझे लगा है कि उस आवाज़ को मैं अनसुनी नहीं कर पाऊँगा। हिप्नोटाइज़्ड की तरह दोनों बाँहें खोलकर अपने को इस आवाज़ को सौंप दूँगा। अब भी इसी पुकार पर मैं अपने-आपको पहाड़ी की चोटी से छलांग लगाकर लहरों तक आते देख रहा हूँ। वह जहाज़ मेरी राह में जो खड़ा है मैं आवाज़ देकर उन्हें बता देना चाहता हूँ कि देखो, मैं आ गया हूँ...देखो, मैं यहाँ बैठा हूँ, मुझे लिए बिना मत जाना।

मुझे लगता है एक छोटी-सी डोंगी अभी जहाज़ से नीचे उतार दी जाएगी और मुझे अपनी ओर आती दिखाई देगी...बस, उस लहर के झुकते ही तो दीख जाएगी। उसमें एक अकेली लालटेन वाली नाव! कहाँ पढ़ा था? हाँ याद आया, चेखव की 'कुत्तेवाली महिला' में ऐसा ही दृश्य है जो एक अजीब कवित्वपूर्ण छाप छोड़ गया है मन पर...गुरोव और सर्जिएव्ना को मैं भूल गया हूँ (अभी तो देखा था उस पत्थर की आड़ में) मगर इस फुफकारते सागर को देखकर मेरा सारा अस्तित्व सिहर उठता है। यह गुरति शेर-सी गरज और रह-रहकर मूसलाधार पानी की तरह दौड़ती लहरों की वल्गा-हीन उन्मत्त अश्व-पंक्तियाँ। मुझे इस चक्रव्यूह से निकलने का रास्ता कोई नहीं बताता? अलीबाबा के भाई की तरह मैंने भीतर जाने के सारे रास्ते पा लिए हैं लेकिन उस 'सिम-सिम खुल जा' मन्त्र को मैं भूल गया हूँ जिससे बाहर निकलने का रास्ता खुलता है। लेकिन मैं उस चक्रव्यूह में क्यों घुसा? कौन-सी पुकार थी जो उस नौजवान को अनजान देश की शाहज़ादी के महलों तक ले आई थी?

दूर सतखण्डे की हाथीदांती खिड़की से झाँकती शहज़ादी ने इशारे से बुलाया और नौजवान न जाने कितने गलियारे और बारहदरियाँ लाँघता शहज़ादी के महलों में जा पहुँचा। सारे दरवाज़े खुद-बखुद खुलते गए। आगे झुके हुए ख्वाजासराओं के बिछाए ईरानी कालीन और किवाड़ों के पीछे छिपी कनीज़ों के हाथ उसे हाथों-हाथ लिए चले गए; और नौजवान शहज़ादी के सामने था...ठगा और मन्त्र-मुग्ध।

शहज़ादी ने उसे तोला; अपने जादू और सम्मोहन को देखा और मुस्करा

पड़ी। नौजवान होश में आ गया। हकला कर बोला, ''हीरे बेचता हूँ, जहाँपनाह।''

''हाँ, हमें हीरों का शौक है और हमने तुम्हारे हीरों की तारीफ सुनी है।''

और उसकी चमड़े की थैली के चमकते अंगारे शहज़ादी की गुलाबी हथेली पर यों जगमगा उठे जैसे कमल पर ओस की बूँदें सतरंगी किरणों में खिलखिला उठें... उसे हीरों का शौक था। उसे हीरों की तमीज़ थी। उसके कानों में हीरे थे, उसके केशों में हीरे थे, कलाइयाँ हीरों से भरी थीं और होंठों के मखमल में जगमगाते हीरों पर आँख टिकाने की ताब उस नौजवान में नहीं थी।

''कीमत...?'' सवाल आया।

''कीमत...?''

''कीमत नहीं लोगे क्या?'' शहज़ादी के स्वर में परिहास मुखर हुआ।

नौजवान सहसा सँभल गया, 'क्यों नहीं लूँगा हुज़ूर? यही तो मेरी रोज़ी है। कीमत नहीं लूँगा तो बूढ़ी माँ और अब्बा को क्या खिलाऊँगा।'' लेकिन वह कहीं भीतर अटक गया था। उसकी पेशानी पर पसीना चुहचुहा आया।

''कीमत क्या, बता दे?'' किसी ने दुहराया।

''आपसे कैसे अर्ज़ करूँ कि इनकी कीमत क्या है? ज़रूरतमन्दों और पारखियों के हिसाब से हर चीज़ की कीमत बदलती रही है। आपको इनका शौक है, आप ज़्यादा जानती हैं।''

''फिर भी, बदले में क्या चाहोगे?'' शहज़ादी ने फिर पारखी निगाह से हीरों को तौला। उसकी आवाज़ दबी थी, ''लगते तो काफी कीमती हैं।''

''हुज़ूर, जो मुनासिब समझें। खुदारा, मैं सचमुच नहीं जानता कि इनकी कीमत आपसे क्या माँग लूँ? आप एक दीनार देंगी, मुझे मंज़ूर है।'' नौजवान कृतार्थ हो आया।

''फिर भी आखिर, अपनी मेहनत का तो कुछ चाहोगे ही न!'' शहज़ादी की आँखों के हीरे चमकने लगे थे और उनमें प्रशंसा झूम आई थी।

''हीरों को सामने रखकर शहज़ादी इनकी मेहनत की कहानी सुनना पसन्द करेंगी?'' इस बार नौजवान की वाणी में आत्मविश्वास था और उसने गर्दन उठा ली थी। होंठों पर मुस्कुराहट रेंग आई थी।

''तुम लोग ये सब लाते कहाँ से हो?

''कोहकाफ़ से!''

''कोहकाफ़!'' सुनकर ताज्जुब से खुले शहज़ादी के मुँह की ओर नौजवान

ने देखा और बाँहों की मछलियों को हाथों से टटोलते हुए बोला, ''तो सुनिए, मेढ़ों और बकरों का एक बड़ा झुण्ड लेकर मैं पहाड़ की सबसे ऊँची चोटी पर जा पहुँचा। वहाँ उनको मैंने ज़िबह कर डाला और उनके गोश्त को अपने बदन पर चारों तरफ इस तरह बाँध लिया कि मैं खुद भी गोश्त का एक भारी लोथ लगने लगा। उसी ग़लाज़त और बदबू में मुझे वहाँ कई दिन बारिश और धूप सहते लेटे रहना पड़ा। तब फिर आँधी की तरह वह उकाब आया जिसका मुझे इन्तज़ार था। चारों ओर एक ज़लज़ले का आलम बरपा हो गया था। उसने झपटकर मुझे अपने पंजों में दबोचा और बच्चों को खिलाने के लिए ले चला घोंसले की तरफ। बीच आसमान में लटकता मैं चला जा रहा था। आखिर मैंने अपने-आपको एक बहुत ही वसीह खुली घाटी में पाया। यही कोहक़ाफ था। यहाँ एक चोटी पर मादा उकाब अपने बच्चों को दुलरा रही थी। जैसे ही मैंने ज़मीन छुई, छुरी की मदद से अपने को फौरन ही उस सड़े गोश्त से अलग कर लिया, और चुपचाप एक चट्टान की आड़ में हो गया। चारों ओर देखा तो मेरी आँखें खुशी से दमकने लगीं। वह घाटी सचमुच हीरों की थी। कितने भरूँ और कितने छोड़ूँ! मैं सब कुछ भूलकर दोनों हाथों से हीरे अपनी झोली में भरने लगा। लेकिन यह देखकर मेरी ऊपर की साँस ऊपर और नीचे की नीचे रह गई कि चारों तरफ उस घाटी में भयानक अजदहे लहरा रहे थे—उकाब के डर से उस चोटी के पास नहीं आते थे, लेकिन जैसे उस चोटी की रखवाली कर रहे हों। उनकी फुँकारों से सारी घाटी गूँज रही थी। जलती लपटों-सी जीभें देख-देखकर मेरे तो सारे होश फ़ना हो गए। अब कैसें लौटूँ? आखिर मैंने मौत की परवाह न करके फिर उसी उकाब के साथ वापस आने की सोची और फिर उसके पंजे से जा चिपका। बीच में पकड़ छूट गई; क्योंकि दो दिन लगातार लटके उड़ते रहने से मेरे हाथों ने जवाब दे दिया था। छूटकर जो गिरा तो सीधा समुन्दर में जा पड़ा। खैर, किसी तरह एक बहता हुआ तख्त हाथ लगा और उसी के सहारे आपके इस खूबसूरत मुल्क में आ लगा।'' नौजवान की आवाज़ में चुनौती और आत्मविश्वास दोनों थे। ''यह मेरी मेहनत की कहानी है, शाहज़ादी!''

शहज़ादी ने उस जांबाज़ नौजवान को प्रशंसा की निगाहों से देखा, ''आफ़रीं! सचमुच आदमी तुम हिम्मत वाले हो?'' फिर जाने क्या सोचती-सी अनमनी अपलक आँखों से उसे देखती रही—देखती रही और दूर कहीं हीरे की घाटियों में खो गई। वह भूल गई कि उसके होंठों की वह मुस्कराहट अभी तक अन-सिमटी पड़ी है।

वहीं कहीं दूर से बोली, ''यों चारों तरफ से ग़लाज़त में लिपटे, पंजों में बिंधे अनजानी खूंखार अँधेरी घाटियों में उतरते चले जाने में कैसा लगा होगा तुम्हें? और फिर जब तुमने भट्टों-सी जलती अज़दहों की आँखें देखी होंगी।'' फिर उसे होश आ गया। स्नेह से बोली, ''अच्छा कीमत बोल दो अब। और देखो, हमें इसी घाटी के हीरे और चाहिए।''

''आपने इन्हें परखा, मेरी मेहनत को देखा, बस आपकी यह हमदर्द मुस्कुराहट ही इनकी कीमत थी और वह मुझे मिल गई।'' हिम्मत करके वह बोला, ''और पारखी की यह हमदर्द मुस्कुराहट मुझे मिलती रहे, मैं फिर ग़लाज़त और गन्दगी में लिपटूँगा, और खौफनाक ग़ारों और घाटियों में उतरूँगा और फिर भयानक अजगरों और अज़दहों के माथों से कीमती मणि और हीरे चुन-चुनकर लाऊँगा।...''

और तब अपनी बात बीच में ही तोड़कर मलिका शहरजाद ने सुलतान शहरयार से पूछा, ''इसके बाद जानते हैं साहिबेकुरान, कि क्या हुआ?'' फिर गहरी साँस लेकर खुद ही बोली, ''मेरे आका, इसके बाद बात खत्म होने से पहले ही वे सारे हीरे उस नौजवान के मुँह पर आ पड़े थे और शहज़ादी की ख्वाबगाह के किवाड़ फटाक से इस तरह बन्द हो गए कि नौजवान का माथा उस आबनूसी लकड़ी से जा बजा और किवाड़ों पर नक़्श लकड़ी के खूबसूरत फूल उसकी आँखों के आगे फिरकनी की तरह नाच उठे, लेकिन हीरों की शौकीन शहज़ादी के हाथों से आज कितना कीमती हीरा निकल गया था इसे वह आज नहीं जान पाई...हीरे उसे और भी मिलेंगे...लेकिन शायद कोहक़ाफ़ के अज़दहों वाली घाटी का हीरा उसे न मिले...'' वह धीरे से दर्द से हँसा, ''शहज़ादी को कोई ऐसा हीरा मंज़ूर नहीं है जिसकी कीमत वह अशर्फियों में न चुका सके।'' और उसे तब अपनी गलती महसूस हुई। उसने शहज़ादी से सीधे ही बात करने की जुर्रत की थी और इसे उसकी ज़बान में गुस्ताखी कहते हैं। वह भूल गया था कि उनके बीच में हीरा था और शहज़ादी को शौक था, लेकिन उस नौजवान की रोज़ी था। शहज़ादी को तो हीरों से सरोकार था; वह कहाँ से आता है, कौन लाता है, इन सब फ़िज़ूलियात से उसे क्या मतलब? लेकिन वह अपने-आपसे बोला, ''यही हीरा तो है जो मुझे शहज़ादी के महलों के भीतर उसकी ख्वाबगाह तक ले आया है, लेकिन खैर, हीरा पास रहा तो मैं और भी ऊँचे महलों में जाऊँगा...मगर शहज़ादी की मुस्कुराहट में जादू है।''

लेकिन जब उसने घूमकर देखा तो लगा कि जाने किन अनजानी भूल-भुलैया में वह खड़ा है। अब कोई क्रनीज़ उसे रास्ता नहीं दिखाती थी, अब कोई ख्वाजासरा उसके लिए कालीन नहीं बिछाता था, अब कोई दरवाज़ा उसके लिए अपने आप नहीं खुलता था। गलियारों और बारहदरियों के पास अब कोई मुस्कुराती आवाज़ उसे नहीं खींचती थी। और उसने पाया कि उस जादुई गुफा का 'खुल जा सिम-सिम' का मन्त्र उसे बिल्कुल याद नहीं आ रहा। वह हिन्द के जादूगर के बनाए उस काठ के घोड़े पर चढ़कर बादलों में उड़ने तो लगा था; लेकिन नीचे उतारने की कला उसे मालूम नहीं थी।

माँ सुभद्रा, तुम चक्रव्यूह की बात सुनते-सुनते सो क्यों गई थीं?

जहाज़ अभी भी मेरी राह देख रहा था और बत्तियाँ अभी भी आँखें झपका-झपकाकर मुझे बुला रही थीं...मरोड़े खाते हुए झाग उगलती लहरों की अप्रतिरोध्य पुकार अभी भी बाँह पकड़कर खींच रही थी और उनकी मणियाँ अब भी कठोर पत्थरों पर बिखर-बिखर जाती थीं। हाँ, सुभद्रा तो मेरे एक दोस्त की पत्नी का नाम है न...कैलाश की पत्नी का।

कैलाश की पत्नी के नाम के साथ ही उसका एक किस्सा आँखों के आगे उभरकर आता है।

पाँच साल में ही सुभद्रा ने पाया कि कैलाश के साथ उसका निर्वाह नहीं हो सकता। अपनी एक पुरानी क्लास-फेलो से उसका प्यार है, पत्नी के साथ तो जैसे वह केवल कर्तव्य निभा रहा है। उसने कैलाश के पतलून की जेब से निकले खत से जान लिया कि उसे मीना का नवीनतम खत मिला है तो वह अपमान से रो पड़ी। बहुत बार रोई थी वह इस बात को लेकर, बहुत बार उसने सिर फोड़े थे, मायके गई थी, और बहुत बार अपने बड़े लड़के प्रदीप को धुना था। चूल्हों में न जाने कितनी बार पानी औंधाया गया, न जाने कितनी बार थालियाँ फेंकी गईं और कैलाश ने साफ कह दिया था, ''अब मेरे बस का नहीं है कि अपने बचपन के दिनों से चले आते पन्द्रह-बीस साल के सम्पर्क को तोड़ लूँ। मीना मेरे व्यक्तित्व और जीवन का एक भाग बन गई है। पिता का दिया हुआ फर्ज़ तुम हो, ओर मीना मेरा अपना फर्ज़ है। मुझे कहीं तो ज़िन्दा रहने दो।''

''ठीक है, तुम ज़िन्दा रहो, तुम्हारी मीनाजी ज़िन्दा रहें। मैं जा रही हूँ,'' जब लड़ाई अपने चरम पर पहुँच गई तो सुभद्रा भाभी ने कहा। वह सचमुच आजिज़

आ गई थी। कभी-कभी कैलाश का व्यवहार उसके प्रति ऐसा हो जाता कि मुझे खुद बुरा लगता। ''मैं अब तुम्हारे रास्ते से हट जाऊँगी। सँभालो अपने बच्चों को...।''

''टल जाती तो जीवन में शान्ति आती,'' कैलाश ने कुढ़कर जवाब दिया।

''उसने छः महीने के धीर को कैलाश की गोदी में ला पटका और बैठकर धरती पर नीला-थोथा पीसने लगी। ऐसी धमकियाँ कैलाश बहुत बार देख चुका था, बैठा देखता रहा। औटते दूध में नीला-थोथा डाला गया, मगर यह मनहूस और बुझा बैठा देखता रहा। सुभद्रा भीतर चली गई तो उसने सुनाया, ''तुम्हें कसम है अपने घरवालों की जो इसे पी ही न लो, या लाकर मुझे दे दो, मैं पी जाऊँगा।'' लेकिन उसके जाने के ढंग से सहमकर बच्चे को खाट पर डालकर जब तक कैलाश भीतर पहुँचे-पहुँचे, तब तक गिलास खाली हो चुका था और सुभद्रा पल्ले से मुँह पोंछ रही थी। तब कैलाश झटके से जैसे सचेत हुआ। झपटकर उसने सुभद्रा को बाँहों में भर लिया, ''सुभद्रा, सुभद्रा! बताओ, तुमने सचमुच वह दूध पी लिया?'' फिर उसने गिलास के तले में चिपका नीला-थोथा देखा। सुभद्रा हाँफती हुई झूम रही थी, वह बौखलाया-सा भागा-भागा मेरे पास आया, ''चलो, चलो! अभी एमर्जेन्सी चलना है, सुभद्रा ने ज़हर पी लिया है। नीले-थोथे में मिलाकर जाने क्या पी लिया है और अब हिलती-डुलती भी नहीं है।'' कैलाश पागल हो गया था, मैं वहाँ पहुँचा तो सुभद्रा के होंठों के कोनों से नीला-नीला पानी जैसा टपक रहा था। आँखें शराबियों की तरह बोझ से बन्द थीं। गोदी में भरकर हमने उसे ताँगे में रक्खा, झटक-झटककर जगाए रखने की कोशिश करते रहे। पहले उठा-उठाकर आँखें खोलते रहे। लेकिन वह होश में नहीं थी। प्रदीप माँ से चिपककर रो पड़ा। उफ़, सुभद्रा भाभी ने यह क्या कर डाला?

एमर्जेन्सी वार्ड में मुँह में नली डाल-डालकर उन्हें कै कराई गई, सोने न देने की पूरी कोशिश की गई और जब विश्वास हो गया कि सारा ज़हर निकल गया तो नाक में नलियाँ डालकर ऑक्सीजन दिया जाने लगा। तभी उन्हें होश आया, पलकें उठीं। प्रदीप तो पास ही खड़ा था। बगल में पड़े अपने बेजान हाथ में उन्होंने प्रदीप का छोटा-सा हाथ महसूस किया, उसे दबाया, पहचाना। तब सहसा उन्होंने तड़पकर नलियाँ निकालकर फेंक दीं और ज़ोर से रो पड़ीं, ''डॉक्टर साहब, मुझे बचा लो! मेरे बच्चे बहुत छोटे-छोटे हैं। उन्हें कौन देखेगा? कौन कपड़े पहनाएगा, सुलाएगा कौन उन्हें? मुझे मेरे बच्चों के लिए बचा लो डॉक्टर साहब! मैं भीख माँगूँगी, आटा पीसूँगी, लेकिन इन बच्चों के लिए जिऊँगी।''

मेरी आँखों में आँसू आ गए थे!...

दूर जहाज़ों की झिलमिलाती बत्तियों में सुभद्रा भाभी का चेहरा उभर आया था, ''मुझे मेरे बच्चों के लिए बचा लो, डॉक्टर साहब! मैं भीख माँगूँगी, मैं आटा पीसूँगी और इन बच्चों के लिए जिऊँगी।''

सुभद्रा भाभी माँ थी—वह कैलाश के लिए ज़हर खाकर मर सकती थी; लेकिन बच्चों के लिए मौत के चंगुल से छूटकर भी आ सकती थीं। मैंने तो अपने 'बच्चों' को नौ महीने नहीं, नौ-नौ वर्ष दिमाग में रक्खा है, न जाने कितना खून और नींद देकर पाला है और उन्हें छोड़कर यहाँ चला आता हूँ मरने?—यहाँ जहाँ की हर प्रतिध्वनि कहती है, ''मुझे मेरे बच्चों के लिए बचा लो, डॉक्टर!''

और मैं झटके से उठ बैठा, ठीक जैसे सुभद्रा भाभी उठी थीं। हाथ के कंकड़ को ज़ोर से घुमाकर लहरों पर फेंक दिया और दूर प्रतीक्षा करते जहाज़ की ओर गुर्राती लहरों से बोला, ''नहीं, दोस्त सागर, अभी नहीं...अभी नहीं, अँधेरे की गरजती लहरों! भाई जहाज़, फिर कभी आना। आज तो मैं लौट रहा हूँ...।'' तब मैंने देखा कि लहरों की फुहार में मेरे कपड़े सराबोर हो गए थे।

फिर मैं लौट आया। ऊबड़-खाबड़ पत्थरों के ढोकों पर कदम रखता हुआ... खंदकों को पार करता हुआ—जैसे शिव लौट आए थे सती की लाश को कन्धे पर लादकर।

वह मेरी अपनी लाश थी...

सुना, आज अपनी वर्षगाँठ पर मैं 'आत्म-हत्या' करके लौटा हूँ।

खेल-खिलौने

बड़े आदर के साथ जैसे ही हमने हाथ माथे तक उठाकर नमस्कार किया, कार घुर्घूं करके हमारे बीच से चल दी। एक ओर मैं खड़ा था, दूसरी ओर बाबूजी। दरवाज़े पर झुण्ड का झुण्ड बनाए वे लोग झाँकती हुई कार की ओर हाथ जोड़ रही थीं। जब वे उधर कार की ओर देखतीं तो बड़ी शिष्टता और नम्रता से मुस्करा देतीं, जैसे वे इसी की अभ्यस्त हैं, और जब ज़रा पीछे हटकर दरवाज़े से बाहर निकल आते किसी बच्चे को झिड़कतीं या क्रुद्ध होकर पीछे धकेलतीं तो उनकी भौंहें लपकती तलवार की तरह माथे पर तन जातीं। कार के स्टार्ट होते ही इतनी देर से लगाए हुए शिष्टता के सारे अनुशासन टूट चुके थे और उन कारवालियों की मुखर आलोचनाएँ प्रारम्भ हो गई थीं—जिसका विषय था, चश्मे की कगानी, पाउडर, दाँत मुँह, बाल काढ़ने का ढंग, ब्लाउज़ का डिजायन और कट; साड़ी की किनारी इत्यादि। नये आदमियों के सामने ज़बरदस्ती चुप किए गए और स्वतः डरे हुए बच्चे अब और ज़ोर से चीज़ें माँगने लगे थे।

पृथ्वी पर पड़े हुए कार के निशानों को देखता हुआ मैं लौटने ही को था कि मेरी निगाह सामने से आते हुए सुधीन्द्र भाई पर पड़ गई। शेरवानी, ढीला पाजामा, सैण्डल और हाथ में अटैची लिए वह धूल में सने चले आ रहे थे। मैं पूछने को ही था, "लौट आए?" तभी स्वयं उन्होंने ही पूछ लिया, "कहो भाई क्या हल्ला है? आप सब लोग क्यों यहाँ जमा हो रहे हैं।" एक विचित्र प्रकार का बुझा हुआ उनका स्वर था।

इससे पहले कि मैं जवाब दूँ छोटी वीरा ने उछल-उछलकर बता दिया; "सुधीन्द्र भाई साहब, आज नीरजा जीजी को देखने आई थी उनकी सास।" और बच्चों ने खूब उछल-कूदकर एक साथ ही इस बात को दोहराया, "सास देखने आई थी।"

फिर मैंने पास जाकर उनके कन्धे पर हाथ रखकर गम्भीरता से बताया, ''नीरजा की ससुराल से कुछ स्त्रियाँ देखने आई थीं उसे, अभी तो गई हैं आपके आगे-आगे। हम लोग उन्हें बिदा करने आए थे। आप सीधे स्टेशन से ही आ रहे हैं न, लाइए अटैची मुझे दीजिए। नलिनी के घर सब ठीक-ठाक है न; तार देकर क्यों बुलाया था?'' अटैची मैंने उनके हाथ से ले ली, लेकिन मुझे लगा सुधीन्द्र भाई के चेहरे पर उत्साह नहीं था।

''हाँ तो नीरजा को देखने को आए थे, फिर क्या हुआ?'' उन्होंने सिर झुकाकर होंठों की पपड़ी को उँगलियों से टटोलते हुए पूछा। हम लोग एक-एक कदम भीतर चल रहे थे। बरामदा पार करके अब हम ड्राइंगरूप में आ गए थे। बाबूजी अपने कमरे में चले गए, जीजी, माताजी, भाभी, बुआ, चाची और छोटे-छोटे बच्चे सब हमसे पहले ड्राइंग-रूम में आ चुके थे। सोफे और कोच पर अब वे लोग बैठ गई थीं। बीच की मेज़ पर उन देखने वालों के लिए लाए गए नाश्ते के बरतन-कप, प्लेटें, चम्मच, चायदानी, गिलास, ट्रे इत्यादि रखे थे। किसी प्लेट में बाकी बची दालमोठ पड़ी थी, किसी में बंगाली मिठाई को काटता चम्मच। प्यालों के तलों में थोड़ी-थोड़ी चाय बच गई थी। एक बड़ी प्लेट में केलों के छिलके लुकाट और सेब के बीज, सन्तरे की जाली और टोस्ट में लगाने के मक्खन की टिकिया के कागज़ पड़े थे। मेज़ पर चारखाने का मेज़पोश था।

''आओ भाई सुधीन्द्र, आओ!'' सभी ने हमें देखकर उत्साह से बुलाया, ''तुम कब आए? अभी आ रहे हो? अरे, ज़रा देर पहले आते।'' अपने पास बैठने की जगह छोड़कर बुआ ने आपस में बड़े उत्साह से होती हुई बातों का सिलसिला एकदम तोड़कर कहा। मैंने अटैची कोने में रख दी और बीच की मेज़ एक दीवार के सहारे सटाकर उस जगह एक आरामकुर्सी खींच लाया। सुधीन्द्र भाई उसी पर बैठ गए, मैं हत्थे पर बैठ गया। बच्चे इधर-उधर घेरकर खड़े उस बचे हुए नाश्ते—चाय, फल इत्यादि की प्रतीक्षा कर रहे थे। कुछ ने धीरे-धीरे अपनी माओं से माँगना भी शुरू कर दिया था। बुआ ने जैसे बिलकुल नई बात हो, सुधीन्द्र भाई को सूचना दी, ''नीरजा को देखने आए थे उसकी ससुराल से, जहाँ रिश्ता हो रहा है न।''

तभी जीजी ने एकदम कहा, ''मैं यहाँ आई कमरे में कँघा लेने, देखा एक चश्मे वाली औरत खड़ी है। मैं एकदम झक्क रह गई—हाय राम, है कौन यह, यों घुस आई हैं। उसके पीछे एक और लड़की-सी, फिर एक तेरह-चौदह साल

का लड़का। पूछा, तो उसने बताया—हम लोग बनारस से आए हैं, मेरी समझ में नहीं आया क्या करूँ। सबसे पहले जाकर बाबूजी को जगाया, वे झट तहमद बाँधे ही दौड़े। और जब भाभी को बताया, तो चूल्हे में रोटी डालकर वह भागीं कि बस! और भैया, बुआ ने तो तमाशा ही कर दिया, कभी इस धोती को उठाएँ, कभी उस ब्लाउज को पहनें, 'मैं क्या पहनूँ मैं क्या पहनूँ' कहती-कहती सारे घर में ऐसी नाची-नाची फिरी हैं कि देखते ही हँसते-हँसते लोट-पोट हो जाते।''

''और अपनी नहीं बताएँगी?'' भाभी ने हाथ बढ़ाकर कहा, ''धोबी मरा कपड़ा नहीं दे गया, कहाँ तो परसों ही दे जाने को रो रहा था। लो, कंघा भी उसी कमरे में छोड़ आई—आग लगे ऐसे घर में। कोई चीज़ ठीक जगह पर रखी हुई पाती ही नहीं। बिन्दी की शीशी अभी यहाँ रखी थी, न जाने कौन निगल गया। अपने काम की चीज़ हो या न हो बच्चों को उससे खेलना। नाक में दम है—और भी बीस बातें। रोई पड़ती थीं बीबीजी।—अरे हाँ-हाँ री! क्या है, क्यों जान खाए जा रही है।''

और जीजी की बात कहती-कहती भाभी ने वीरा के दोनों हाथ झटक दिए, क्योंकि बिना उनकी बातों में रुचि लिए हुए, वह बार-बार उनका मुँह अपने दोनों हाथों से अपनी ओर करके ठिनकती हुई दोहराए जा रही थी, ''भाभी केला दिलवाओ एक, बेबी ने बंगाली मिठाई खा ली, हम भी लेंगे।''

झिड़की खाकर वह भी अब शेष तीनों बच्चों के पास चली गई। वे सब नाश्ते की उसी मेज़ के चारों ओर घिरे, बाकी बची चीज़ों का हिस्सा बाँट कर रहे थे, 'तूने अपने कप में ज़्यादा चाय कर ली, इतनी ही हमें भी दे। आप तो दाल-मोठ की तश्तरी लेकर अलग बैठ गए, कल हमारे पास पटाखे माँगने कैसे आ गए थे, तब तो 'अमें बी दो पताके'; अम्मा, देखो इस उमा ने चायदानी फोड़ी।''

''अच्छा, हल्ला मत मचाओ।'' माताजी ने उन्हें झिड़ककर कहा, ''उनके आते ही सारे घर में ऐसी भगदड़ मची कि बस क्या बताएँ, कोई इधर भाग रहा है, कोई उधर। हमारे तो भाई, बच्चे भी गज़ब के हैं, घर झाड़ो, साफ करो, एक मिनट बाद फिर वही घूरा-सा करके रख दें। लोगों के यहाँ न जाने कैसे सजे-सजाये घर रहते हैं। और बैठक तो ये समझो, इस कैलास ने (मैंने) झाड़-पोंछ दी थी, कबाड़खाने-सी पड़ी थी, कहाँ बैठाते, कहाँ उठाते।''

मुझे इस समय अपनी बहादुरी जतानी बड़ी आवश्यक लगी, फौरन ही बोला, ''बैठक मैंने दोपहर को ही झाड़-पोंछ दी थी। तस्वीरों के चौखटे साफ कर दिए

थे, मैण्टलपीस पर ये सारे खिलौने ठीक-ठाक रख दिए, नहीं तो आनन्द आता।''
और मैंने सब खिलौनों-तस्वीरों इत्यादि पर दृष्टिपात किया।

''जीजी, बच्चा!'' इस बार जीजी का बच्चा नाश्ते की चीज़ें खत्म हो जाने
पर फिर जीजी के पास आ गया था और खिलौनों का नाम सुनकर मैण्टलपीस
पर रखे चीनी के भगवान् बुद्ध की ओर उँगली उठाकर कह रहा था।

''हाँ बच्चा, जाओ, तुम सब लोग जाओ—बाहर खेलो, देखो सुधीन्द्र भइया
आए हैं—बातें करने दो। जाओ, बेबी, विभास, जाओ, सब बाहर जाओ, इसे भी
ले जाओ।'' और जीजी स्वयं उठकर सब बच्चों को बाहर कर आई।

''हमने तो समझा था, नीरा की सास कोई बुड्ढी-सी होगी, पुराने खयालों
की; पर यह तो खूब जवान है। फैशन में रहती है। उलटे पल्ले की धोती, चश्मा
और लड़के की भाभी तो फैशन के मारे मरी जा रही थी, देखा नहीं लिपस्टिक
कैसी गाढ़ी-गाढ़ी पोत रखी थी, बार-बार पर्स खोलकर रूमाल निकालती, कभी
तह की तह होंठों पर लगाती, कभी माथे-गालों पर—पाउडर तो बोरी-भर लगाया
था—मुझे तो बड़ी भद्दी लगी। लड़का सीधा था। छोटा भाई है।'' जीजी ने बैठते
ही बताया।

''और देखा, कितना छोटा है, मैट्रिक कर चुका है, और एक ये हैं कैलाश,
ऊँट का ऊँट, अभी बी.ए. में ही पढ़ता है।'' माताजी ने कहा।

मैं और सुधीन्द्र भाई चुपचाप बैठे थे। यहाँ कोई किसी की सुनना ही नहीं
चाहता था। एक ही बात को अपने-अपने शब्दों में कहने को सभी उत्सुक। समझ
में नहीं आता था कि किसकी बात को सुना जाए। इन बातों के समाप्त होने
की कोई आशा ही नहीं लग रही थी। तभी अचानक बातों के प्रवाह को पलटने
के लिए मैंने कहा, ''आप लोग तो यहाँ बैठी बातें बना रही हैं, नीरजा कहाँ है,
उसे भी बुला लीजिए न। सुधीन्द्र भाई आए हैं, न चाय, न पानी।''

''वह तो भीतर वाले कमरे में मुँह ढके पड़ी है—सिसक रही है। अब बीस
बार तो मैं समझा आई हूँ—मानती ही नहीं।'' चाची बोली।

''क्यों?'' इस बार सुधीन्द्र भाई ने अचानक चौंककर मुँह उनकी ओर घुमाया।

''कहती है, मैं शादी नहीं करूँगी, मुझे पढ़ने दो, अभी मेरी इच्छा नहीं,
है। खूब समझाया गया कि सभी लड़कियों की शादी होती है, तू क्या अनोखी
है और हम लोग क्या हमेशा ऐसी ही हैं। पर उसने तो न मानने की जैसे कसम
ही खा ली है।'' चाची ने फिर बताया।

''और वहाँ लड़का ज़िद किए बैठा है कि शादी करूँगा तो इसी से करूँगा—बाप से साफ कह दिया है। फोटो देखने के बाद यहाँ चुपचाप आकर स्कूल जाते हुए देख गया कहीं, बस तभी से ज़िद किए है। तभी तो ये सब आई थीं देखने।'' माताजी ने कहा, कुछ चिन्तित स्वर में।

नीरजा के रोने की बात सुनकर बातों का उत्साह मन्द पड़ गया। तभी बाहर से जीजी का बच्चा फिर उनके पास आ गया—सबके मुँह की ओर देखकर धीरे-धीरे बोला, ''जीजी, वह बच्चा लेंगे।'' उसकी निगाह मैण्टलपीस पर रखी उस बुद्ध-मूर्ति पर थी।

''बात क्यों नहीं करने देता, सब बच्चे बाहर खेल रहे हैं और तू यहाँ जमा है।'' इस बार उसे माताजी ने फटकारा, वह सहमकर चुपचाप खड़ा हो गया, गया नहीं। जीजी उसके सिर पर सान्त्वना से हाथ फेरने लगीं, ''ज़िद नहीं करते मुन्ना!''

''अब नीरजा बेचारी रोए नहीं तो क्या हो।'' मैंने नीरजा का पक्ष लेकर माताजी से कहा, ''आप तो इस बुरी तरह पीछे पड़ जाती हैं कि ऐसा गुस्सा आता है कि फौरन लड़ पड़े। नये आदमियों के सामने अधिक हठ भी तो नहीं कर सकती, और आप हैं कि उन्हीं के सामने पीछे पड़ गईं, यह दिखाना, वह दिखाना। सच, सुधीन्द्र भाई, माताजी ने नीरजा की कोई चीज़ ऐसी नहीं छोड़ी जो दिखा न दी हो उन्हें। क्लास में कराए गए कटाई-सिलाई के कामों से लेकर मेज़पोश, स्वेटर—सब। यहाँ तक कि हाइज़ीन में बनाए गए शरीर के विभिन्न अंगों के डायग्राम्स तक। अब उन्हीं के सामने ज़िद करने लगीं कि गाना सुना, गाना सुना' मुझे सच बड़ा गुस्सा आया।''

''सुनाया उसने?'' सुधीन्द्र भाई ने पूछा। दोनों घुटनों पर अपनी कुहनी रखे, वे धीरे-धीरे अपने माथे की सलवटें टटोल रहे थे—बड़े चिन्तित, उदास-से।

''सुनाना पड़ा, सुनाए नहीं तो क्या करे। वहाँ पीछे पड़नेवाले तो ऐसे-ऐसे ज़बरदस्त हैं, हमारी माताजी, बुआ हैं, चाची हैं।'' वास्तव में मुझे नीरजा के दिखाने के ढंग पर बड़ा क्रोध आ रहा था।

''अब, भई, ये तो समझते नहीं है,'' माताजी ने अपनी सफाई बड़े गम्भीर स्वर में दी, ''लड़कियों की शादी का कितना बोझ, माँ-बाप पर चढ़ा रहता है इसे तो इनकी ही छाती जानती है, तुम्हारा क्या है, तुमने तो उठाई ज़बान और दे मारी। लड़कियाँ तो सब मना किया ही करती हैं। हमने अपनी शादी की बात सुनी थी तो हम भी रोए थे।''

''नीरजा ऐसी लड़की नहीं है—वह वास्तव में अभी पढ़ना चाहती है।'' मैं अड़ा रहा।

''तो पढ़ने को कौन मना करता है, अब हमारी तरफ से चाहे ज़िन्दगी भर पढ़ो। क्यों भई सुधीन्द्र?'' माताजी ने सुधीन्द्र भाई का समर्थन प्राप्त करने के लिए उनकी ओर पंजा फैलाकर पूछा।

पर माथे की सलवटें उँगलियों से टटोलते हुए वे न जाने कब से क्या सोच रहे थे। जब से आए थे, उनकी यह उदासी मुझे अखर रही थी। जीजी का बच्चा (उसे प्यार में वह 'पापा' कहती थीं) अब भी भगवान् बोधिसत्त्व की मूर्ति के लिए हठ कर रहा था। मुझे उसका यह हठ करना बुरा लग रहा था। हम सब लोग बातें कर रहे थे पर उसे जैसे वही धुन। इस मूर्ति को ग्यारह रुपये की मैं विशेष रूप से प्रदर्शनी से लाया था। वास्तव में उसकी चीनी बहुत बढ़िया थी। माताजी की बात पर कोई कुछ नहीं बोला—थोड़ी देर सब चुप रहे, आखिर मुझसे नहीं रहा गया, मैंने पूछ ही लिया, ''क्यों सुधीन्द्र भाई, जब से तुम आए हो, बहुत उदास और सुस्त-से हो। क्या बात है?''

''हाँ रे, तू तब से चुप ही है, सब लोग ऐसे ज़ोर-ज़ोर से बोल रहे हैं।'' माताजी ने एकदम इस प्रकार कहा जैसे विषय बदलकर बोल रही हों, पर वह वास्तव में इतनी देर से उनकी बात का समर्थन न करने की सफाई माँग रही थीं।

'मैं?'' बड़े भरयिे-से गले से उन्होंने कहा, फिर एकदम गला साफ करते संयत स्वर में बोले, ''मैं! नहीं कोई खास बात नहीं है।''

''तो भी?'' मैंने पूछा, 'आपने बताया नहीं नलिनी के यहाँ कैसे हैं—तार क्यों दिया था?''

''कौन नलिनी?'' जीजी ने धीरे-से पूछा बुआ से, ''मुझे तो नहीं मालूम।'' कहकर उन्होंने प्रश्न-मुद्रा से चाची की ओर देखा; चाची ने माताजी की ओर।

''सुधीन्द्र की धर्म-बहन है एक, मुरादाबाद में'' माताजी ने बताया, कि स्वयं जानने की इच्छा से सुधीन्द्र की ओर देखा।

सुधीन्द्र भाई एक ओर मुँह घुमाए दरवाज़े से अन्यमनस्क-से बाहर देख रहे थे, उसी प्रकार बिना हिले-डुले उन्होंने कहा, ''नलिनी मर गई।''

'झन्न' से जैसे हम लोगों के बीच में थाली गिर पड़ी हो। एकसाथ सबके मुँह से निकला, ''नलिनी मर गई?—कैसे?'' हम बुरी तरह चौंक उठे।

सुधीन्द्र भाई उसी प्रकार अविचलित रहे, एकदम झटके से उन्होंने गरदन घुमाकर माताजी की ओर मुँह किया—फिर सूनी आँखों से देखते हुए बोले, "हाँ, नलिनी कल साढ़े नौ बजे मर गई। तार देकर उसने मुझे बुलाया था।"

"कैसे?" एक बार सबके मुँह से निकला। जीजी ने माताजी से पूछा, "क्या उमर थी?" माताजी ने हाथ से उन्हें चुप रहने का इशारा किया, और मुँह पर सारी उत्सुकता लाकर सुधीन्द्र भाई के मुँह की ओर देखने लगीं।

"कैसे मर गई? जैसे सब मर जाते है।" धीरे-से वह हँसे—कितनी व्यथा-भरी उनकी वह हँसी थी, जैसे मेरे हृदय में जाकर ज़ोर से वह लरज़ उठी। उनका सिर झुक गया था। दोनों हाथों की उँगलियों को एक-दूसरे में फँसा, उन्हें जोड़े हुए वे कुछ क्षण सोचते रहे। एक गहरी साँस छोड़कर उन्होंने झटके से सिर उठाया। "कैसे मर गई—एक लम्बी कहानी है। क्या कीजिएगा सुनकर।"

अब वातावरण एकदम बदल गया था; अभी होने वाली बहस और आलोचनाएँ न जाने कहाँ चली गई। सुधीन्द्र भाई की उदासी का ऐसा कोई कारण होगा, मैंने सोचा भी न था! "क्या उम्र थी?" जीजी ने सीधे ही पूछ लिया।

"उम्र!—पूरे इक्कीस की नहीं थी। यह मेरे पास फोटो है।" उन्होंने अचकन के भीतर हाथ डालकर पर्स निकाल लिया—उसे खोलकर उन्होंने जीजी की ओर बढ़ा दिया—उसमें एक पासपोर्ट साइज़ का किसी लड़की का फोटो लगा था।

बड़ी उत्सुकता से जीजी ने फोटो लिया—चाची, बुआ, माताजी सभी उस पर झुक गईं, "लड़की बड़ी सुन्दर है। मुँह पर कैसा भोलापन है। आँखें बड़ी प्यारी हैं। सीधी-सी लगती है।" सभी ने अपनी-अपनी राय दी। खूब देखने के बाद जब वह पर्स उन्हें लौटाया गया तो इतमीनान से देखने के लिए मैंने ले लिया। लड़की वास्तव में बड़ी सुन्दर और आकर्षक थी।

"कैसे मर गई? क्या किस्सा है, सुनाओ तो सही ज़रा।" जीजी ने आग्रह से पूछा। सभी लोग इसी आशा से उनकी ओर देख रहे थे।

"क्या करोगी, पूरा किस्सा है—लम्बा", सुधीन्द्र भाई ने टालना चाहा।

"हमें अब क्या करना है, पूरा सुनाओ, तुम उसे कैसे जानने लगे।" जीजी ने पास खड़े अपने पापा के दोनों हाथ पकड़कर कहा, क्योंकि हाथ-पैरों से उसकी खिलौना लेने की मूक ज़िद जारी थी। मुझे बड़ा बुरा लग रहा था। ऐसे ज़िद्दी बच्चे मुझे ज़रा भी पसन्द नहीं हैं। मैंने कहा, "पूरा तो सुनाओ—इस पापा को तो सँभालिए, जब से अड़ा हुआ है, यह ज़िद मुझे ज़रा भी पसन्द नहीं है।"

''नहीं-नहीं, अब कहाँ ज़िद कर रहा है।'' जीजी ने उसके दोनों हाथ पकड़ लिए थे, लेकिन पैरों को ज़मीन पर क्रम-क्रम से पटकता हुआ वह मचल रहा था।

बात कहाँ से शुरू करें, शायद सुधीन्द्र भाई यही बड़ी गम्भीरता से सोच रहे थे। लोग सुनने के लिए उत्सुक हैं या नहीं उन्होंने अपने उदास-से नेत्रों से चारों ओर देखा। सिवा उस बच्चे के, जो अब डरकर चुप हो गया था किन्तु गया नहीं था, सभी लोग उनकी ओर देख रहे थे। उन्होंने माताजी की ओर देखकर कहना प्रारम्भ किया—''भाभीजी, जिन दिनों, आप बदायूँ थीं न, सन् पैंतीस की बात है, शायद मैं पिताजी के पास गाँव में ही था। तभी का किस्सा है, लीजिए अब आप नहीं मान रहीं तो सुनिए, शुरू से बता रहा हूँ। हाँ तो होऊँगा कोई छह-सात साल का। तभी शहर से पिताजी के दोस्त देवनारायण वकील आए उनके पास। पिताजी ने बुलाया था। पिकनिक का प्रोग्राम था। तभी मैंने पहली बार नलिनी को देखा था। बालों में रिबन बाँधती थी। रंग-बिरंगे फ्राक पर हलके हरे रंग का छोटा-सा चेस्टर पहने वह बिल्कुल गुड़िया-सी लगती थी। मैं लाख ज़मींदार का लड़का सही, लेकिन था तो गाँव का ही। गेलिस लगाकर एक ढीला-ढाला, हॉफ-पैण्ट और एक कोट पहने था। उससे बोलने की बड़ी इच्छा होती थी, पर संकुचित होकर रह जाता। सुबह छह बजे ही वे लोग कार से आ गए थे, वकील साहब भीतर थे, पिताजी से बातें कर रहे थे, हम दोनों नाश्ता इत्यादि करके बाहर धूप में दूर-दूर ही घूम रहे थे, शायद संकोच यह था कि कौन पहले बोले। हमारे घर के सामने ही थोड़ी-सी जगह छोड़कर आम रास्ता था। उसके दूसरी ओर एक छोटा-सा कच्चा तालाब-पोखरा। उसमें आठ-दस बत्तखें तैर रही थीं, हम लोग थोड़ी देर तक उन बत्तखों को देखते रहे, कभी-कभी कनखियों से एक-दूसरे को भी आपस में देख लेते। अचानक अपने हाथों को अपनी जेबों में और भी अधिक धँसाकर वह बोली, 'देखो, कितना जाड़ा है, बत्तखों को जाड़ा ही नहीं लग रहा।' मैंने धीरे-से कहा, 'ये तो ऐसे ही तैरती रहती हैं।'—इसके बाद तो वह बिल्कुल मेरे पास आकर दुनिया-भर की बातें करने लगी। उसके बोलने के बेझिझक ढंग को देखकर तभी मैं चकित रह गया। दुनिया-भर की तो उसे बातें याद थीं; और बड़ी बातूनी। उसने सब बताया, जिस स्कूल में वह पढ़ती है उसमें कौन टीचर अच्छी है कौन बुरी; किस-किस लड़की से उसकी अधिक मित्रता है। जिस 'बस' में वह जाती है उसका नम्बर क्या है। खैर उस दिन उसने खूब बातें कीं। मैं

बिल्कुल चुप रहा क्योंकि मेरे पास कुछ भी नहीं था। फिर भी हम दो दिनों में खूब घुल-मिल गए थे। कैरम वह बड़ा अच्छा खेलती थी। और ताश, लूडो, स्नेकलैडर, ट्रेन ओम्नीबस न जाने क्या-क्या तो वह खेल लेती थी। एक दिन बैठकर उसने मुझे शतरंज की चालें समझाईं। पर भई, मेरी समझ में तो कुछ आया नहीं। खैर, पिकनिक के पश्चात् वे लोग चले गए तो अचानक मुझे लगा जैसे दुनिया में कोई काम करने को ही नहीं रह गया है। फिर तो जब भी पिताजी के साथ शहर जाते, उनके यहाँ ज़रूर जाते। लेकिन थोड़े दिन घर रहकर वह अपने किसी सम्बन्धी के यहाँ चली गई।

“मेरी पढ़ाई भी चलती रही।” सुधीन्द्र भाई कुछ रुके। तभी मैंने देखा, धीरे-धीरे कुनमुनाता हुआ वह पापा रह-रहकर जीजी को नोचता हुआ अपनी ज़िद को चालू रखे हुए है। अदम्य इच्छा हुई, ज़ोर से एक चाँटा माकर धकेल दूँ। न बातें करने देता है, न कुछ सुनता है। बड़े लाड़ले आए। पर जैसे-तैसे अपनी इस इच्छा को दबाया। निश्चय कर लिया कि इस बार इसने बातों में ज़रा भी विघ्न डाला तो कान पकड़कर बाहर निकाल दूँगा, फिर चाहे जीजी जो बकती रहें।

“मैट्रिक कर लेने के पश्चात् वकील साहब में और पिताजी में यह एक अच्छा-खासा विवाद उठ खड़ा हुआ कि कॉलेज में पढ़ाई ज़ारी रखने के लिए मैं हॉस्टल में रहूँ या वकील साहब के यहाँ। पिताजी हॉस्टल के पीछे पड़े हुए थे क्योंकि दो-चार महीने की बात होती तो कुछ नहीं था। खैर, मैं यहाँ हॉस्टल में आया। वकील साहब ने आज्ञा दे दी कि दिन में एक बार यहाँ ज़रूर आओगे। हॉस्टल में अच्छी तरह जम लेने के बाद मैं वकील साहब के यहाँ जाने लगा। एकाध घण्टा बैठता और चला जाता। वकीलनी (जिन्हें मैं चाची कहता था) और वकील साहब से ही बातें करता था। बातों में वह नलिनी की तारीफ़ करते, ‘हमारी नलिनी ऐसी है, वैसी है, यों पढ़ने में तेज़ है, यों खेलने में होशियार है।” एकाध बार तो मैंने सुना, फिर तो मुझे झुँझलाहट आने लगती। क्योंकि उसकी प्रशंसा करते वह थकते नहीं थे और मुझे लगता था जैसे उनके कहने का बस इतना ही मतलब है—‘तुम चाहे जितने होशियार हो, नलिनी तुमसे लाख दर्जे इण्टेलिजेण्ट है।’ अक्सर यह पूछते, कुछ तकलीफ तो नहीं है। रोज़ ही कुछ-न-कुछ खिला देते। मैंने वहाँ सेकेण्ड-इयर किया, और छुट्टियों के पश्चात् जब मैं वहाँ गया तो बताया गया कि नलिनी अब यहीं आ गई है। मैट्रिक में फर्स्ट पास हुई है,

सेकेण्ड पोज़ीशन है। यहीं पढ़ेगी। कभी-कभी मैं उसके विषय में सोचा करता, न जाने कैसी होगी। हम लोग सन् छत्तीस में मिले थे और अब था पैंतालीस। नौ-दस वर्ष का अन्तर बहुत होता है। तभी वकील साहब ने उसे बुलाया, 'चाय ले आओ नलिनी।' और नलिनी चाय की ट्रे लेकर आई। मैं बुरी तरह चौंक गया, पहली जो कुछ धुँधली नलिनी मेरे मानस-पटल पर थी उसकी इससे कोई तुलना नहीं थी। हमने सज्जनता में नमस्कार किया। नलिनी ने चाय की ट्रे रखकर नमस्कार का उत्तर दिया, मुस्कराकर, और बेझिझक वकील साहब के पास बैठ गई।

"भाई साहब, फर्स्ट डिवीज़न में पास होने की मिठाई तो खिलवाइए।' मैं चकित रह गया, लाख बचपन में मिले सही लेकिन मैं तो एकदम किसी लड़के से भी इस तरह नहीं बोल सकता। फिर वह तो पन्द्रह वर्ष की एक लड़की थी जो धोती में सिमटी-सिमटाई-सी अपने में ही लीन हो जाने की चेष्टा किया करती है, पर न तो उसकी वाणी में, न व्यवहार में, किसी प्रकार की झिझक, संकोच या लज्जा मुझे लगी, इसके विपरीत मैं स्वयं ही सोच में था कि क्या उत्तर उसे दूँ। चाय बन गई थी तभी अपना कप उठाकर वकील साहब ने कहा, 'तुम तो इसे भूल-भाल गए होगे, यह तो वही नलिनी है जो तुम्हारे यहाँ गई थी, यह चुड़ैल कुछ भी नहीं भूलती—न मालूम बचपन से ही ऐसी याददाश्त लेकर पैदा हुई है। छोटी से छोटी बात सब इसे याद है।'

"इन्हें क्या याद होगा—हारते थे न, जिस खेल को देखो उसी में गोल रखे थे। मिठाई चाहे जब खिलवाइए लेकिन चाय क्यों ठण्डी किए डालते हैं?' और यह कुटिलता से मुस्कराकर कप पर झुक गई। मैं उसकी ओर सीधी नज़र देखने का साहस नहीं कर सका। इधर-उधर भागती दृष्टि को समेटकर उस ओर लाने की चेष्टा करता, पर जैसे वह वहाँ पहुँचकर किसी शक्ति से छिटक उठती। उसके इस उत्तर पर भी मैं कुछ नहीं बोला।

"भाई साहब! आप तो बहुत शरमाते हैं।" उसने फिर कोंचा। इस बार मेरा सारा संकोच जैसे इस वाक्य की प्रतिक्रिया से क्षोभ बन उठा। बड़ी असभ्य लड़की है, मन में सोचा, जब से आई है कुछ-न-कुछ बोले ही जा रही है। जब मैं नहीं बोलना चाहता तो मेरे पीछे क्यों पड़ी है? मैंने कहा 'आप तो मुझसे अच्छी तरह पास हुई हैं आप पहले खिलाइए न।'

"या तो बिल्कुल ही नहीं बोल रहे थे, और अब बोले तो ऐसी शिष्टता से बोले कि छोटे-बड़े सबका ध्यान भुला दिया।' जल्दी से चाय की घूँट को घूँटकर

वह बुरी तरह हँस पड़ी। हाथ का कप काँप गया और चाय छलक गई? वकील साहब इस सारे वातावरण का आनन्द ले रहे थे। बनावटी क्रोध से बोले, 'क्या कर रही है। तमीज़ से बात कर, सारे कपड़े खराब किए लेती है', मुझे वकील साहब पर क्रोध आ रहा था। यह तो नहीं कि ठीक से डाँटे, तभी तो इतनी बेशरम हो गई है, लड़कियों के इतने निर्लज्ज होने के मैं खिलाफ हूँ। यही चीज़ तो उनमें अन्य चारित्रिक दुर्बलताओं को जन्म देती है...। और भी मैंने उसे विषय में न जाने क्या-क्या उलटा-सीधा सोच डाला। बातों का उत्तर तो मैंने उस समय दिया, पर मुझे उसका बेझिझकपन अधिक पसन्द नहीं आया, और वकील साहब थे कि अपनी बेटी की इस बहादुरी पर फूल पड़ते थे। माँ-बाप ऐसा लाड-प्यार करते हैं तभी तो लड़कियाँ बिगड़ जाती हैं। सामने तो बड़ी इतराती रहेंगी...। और सैकड़ों सिनेमा-उपन्यासों के दृश्य उस समय मेरे सामने आए। जब वही इतनी बेशरम है तो मैं ही क्यों हयादार बना रहूँ–सोचकर मैंने सारा संकोच छोड़ दिया। उसकी ओर देखा, वह सुन्दर थी पर स्त्रियों में एक स्वाभाविक लज्जा, हल्का-सा संकोच रहता है, वह असुन्दर को तो सुन्दर बनाता ही है, वह जैसे सुन्दर पर भी कलई कर देता है–पर वहाँ कुछ नहीं, वही सपाट मुँह। हाथ में केवल दो सोने की चूड़ियाँ। ऊपर से नीचे तक कुछ नहीं। उलटे-पल्ले की धोती, सो भी कंधे पर झूल रही थी–नए आदमी के सामने जाते हैं तो थोड़ा सिर पर रख लेते हैं। मैं सोचने लगा, इस लड़की को इतना निर्लज्ज बना देने में इसके इस सौन्दर्य का कितना हाथ है। जब चलने लगा तो बोली, 'देखिए भाई साहब, मुझे इस बार तीन इम्तहान देने हैं। कॉलेज में इण्टर का तो है ही, एक विशारद और दूसरा एक संगीत। कहिए कैसा रहेगा?'

"बड़ा अच्छा रहेगा।"–कहा हमने, पर सोचा शायद यह दिखाना चाहती है कि मैं कितनी पढ़ाकू हूँ।

"संगीत के लिए हमने एक ट्यूटर लगा लिया है, सत्तर रुपये लेगा। विशारद हमें आप कराएँगे।' उसने एक बार वकील साहब की ओर देखा। मैं इस अप्रत्याशित बोझ से जैसे अचकचा उठा। वकील साहब बोले, 'हाँ दिलवा दो भई, पास तो हो ही जाएगी, हिन्दी के तुम विद्वान् भी हो, सब जानते हो। ठीक रहेगा। सन्ध्या को चाय यहीं पिया करो।'

"हाँ-हाँ" करके मैंने स्वीकृति दी। उस समय तो मुझे यह विश्वास हो गया था, इस लड़की को अपने सौन्दर्य का गर्व है। इसलिए यह इतनी निर्लज्ज है।

उसे गर्व है तो रहा करे—गर्व करनेवालों के लिए यहाँ भी गर्व कम नहीं है। दो-एक दिन तो पढ़ाऊँगा, ठीक से पढ़ी तो ठीक है, ज़रा भी तीन-पाँच की तो उसी दिन छोड़ दूँगा, कोई बहाना बना दूँगा। ज्यादा-से-ज्यादा वकील साहब बुरा ही तो मानेंगे। इस क्षोभ और द्वन्द्व के भीतर कभी मुझे लगता जैसे कोई बड़े मृदुल स्वर में पूछता। 'किन्तु यह नलिनी है कैसी लड़की?' खैर उस दिन, दिन-भर मैंने उसके विषय में जो भी सोचा वह अधिक अच्छा नहीं था। उसको लेकर मैंने न जाने किन कुकृत्यों की कल्पना की।

"और सन्ध्या के समय मैं उसके पास जाने लगा, उसे पढ़ाने। भाभी जी, जब आज भी उन बातों को सोचता हूँ तो शरम से गरदन झुक जाती है। किसी के विषय में इतनी जल्दी सम्मति बना लेना कितना खराब है, खतरनाक है। सच कहता हूँ मैं, उस जैसी बुद्धिवाली लड़की मैंने ज़िन्दगी में एक भी नहीं देखी। ओफ! क्या दिमाग पाया था उसने। किसी बात को एक बार समझा दो, कम-से-कम इस ज़िन्दगी में दूसरी बार समझाने की ज़रूरत ही नहीं। कभी कापी में मीनिंग या नोट्स नहीं लेती थी। और इतनी सुन्दर लिखाई कि क्या कहूँ। एक किताब पढ़ लेती तो शब्द-प्रति-शब्द वह उसे महीनों याद रहती, बहुत से स्थानों पर वह मुझे पढ़ाती थी या मैं उसे, यह मैं आज तक नहीं जान पाया। मैं उसे बड़े ध्यान और गम्भीरता से पढ़ाता और वह बड़े आनन्द से पेन्सिल से खेलती या पेन से नाखून रंगा करती। मैं झुँझलाकर एकदम पूछ बैठता—बताओ मैंने क्या बताया?—और वह मेरा प्रत्येक शब्द दोहरा देती। मैं आश्चर्य करता, यह लड़की है या आफत! पन्त, प्रसाद, निराला, महादेवी और भी न जाने कितने कवियों की सैकड़ों कविताएँ उसे याद। मैं कठिन से कठिन काम उसको करने को देता और वह बड़ी आसानी से सिर हिलाकर स्वीकार कर लेती, यह तो रही उसकी कुशाग्र बुद्धि, लेकिन मैं बताना यह चाहता हूँ कि वह लड़की असाधारण प्रतिभा-सम्पन्न थी। उसके निबन्ध देखकर उसके मनन पर सिर खुजलाना पड़ता था। उसकी कहानियाँ देखकर आँखें फटी रह जाती थीं। मैंने उसे तीन वर्ष पढ़ाया। इस बीच में उसकी प्रत्येक अच्छी-बुरी बात देखने का मौका मुझे मिला। अब इसे आप चाहे कुछ भी कहिए—मेरी दुर्बलता या बुद्धिमानी—मैं उसकी एक-एक बात का भक्त बन गया। उसका संगीत देखा तो दाँतों-उँगली दबानी पड़ी, केवल यह नहीं कि बाजे को पीट-पाट लिया, और उलटे-सीधे सिनेमा के गीत गा लिए। वास्तव में उसे स्वर का, संगीत का ज्ञान था। महादेवी के गीत इस तरह सुनाती थी कि तबीयत झूम उठे।" —कहकर

सुधीन्द्र भाई कुछ देर के लिए रुके कि उनकी यह प्रशंसा अति पर तो नहीं पहुँच गई है। माताजी की ओर देखकर फिर उन्होंने खिलौना लेने के लिए अपनी मूक ज़िद जारी रखते पापा को शून्य आँखों से देखा। फिर कहा, ''भाभीजी, आप सोचेंगी मैं व्यर्थ ही उसकी इतनी प्रशंसा करके उसे आसमान पर क्यों रखे दे रहा हूँ। लेकिन मुझे वास्तव में ऐसा लगता है, उसकी पूरी बात कह ही नहीं पा रहा हूँ। खैर, तब मैंने जाना कि क्यों यह लड़की निडर, निर्भीक और बेझिझक है, क्योंकि उसके हृदय में भय, कलुष या उलझन नहीं है। वह उन लड़कियों में से नहीं है जो मन में हज़ार उलटी-सीधी बातें रखते हुए भी ऊपर से अपने को बिल्कुल निर्लिप्त दिखाया करती हैं। और उसके स्वभाव की सबलता, वाणी की तीव्रता, मुक्त हास्य की चंचलता उसके रूपगर्व के प्रतीक नहीं हैं, वरन् वह उसकी प्रखर प्रतिभा का प्रचण्ड विस्फोट है, जो उसके व्यक्तित्व के इन सब रूपों में दिखाई देता है। हो सकता है मैं उसकी प्रशंसा करने में सन्तुलन न रख पा रहा होऊँ, पर वह लड़की वास्तव में ऐसी थी, जैसी दो-चार मुहल्लों की बात ही क्या, दो-चार शहरों में नहीं होती। कहीं चलते-फिरते उसने नई बुनाई देखी, खट से उसे घर आकर डाल दिया। न किसी से पूछने की ज़रूरत, न सीखने की...''

''तो ऐसी तो हमारी नीरजा भी है, जहाँ जो भी देखेगी फौरन उसे ज्यों-का-त्यों दिमाग में रख लेगी।'' एकदम माताजी ने कहा। मन में हलकी झुँझलाहट हुई। पता नहीं माताजी सुधीन्द्र भाई की बात सुन रही हैं या तुलना में लगी हैं।

''तो ऐसी वह लड़की थी!'' माता जी की बात को स्वीकार करके सुधीन्द्र भाई बोले, ''मैं उसे पढ़ाता था किन्तु इस बात का निश्चय मुझे हो गया कि यह केवल संयोग की बात है, जो मैं उससे पहले से पढ़ते होने के कारण उससे आगे हूँ और उसे पढ़ा रहा हूँ, नहीं तो इसे स्वीकार करने में मुझे कोई भी झिझक नहीं कि वह मुझसे कई गुना अधिक बुद्धिमती, प्रतिभाशालिनी थी। सबसे बड़ी बात जो मैंने उसमें नई देखी वह यह कि किसी की अप्रत्याशित बात से एकदम प्रभावित नहीं होती थी, इसलिए प्रायः वह भावुक नहीं थी। जब मैं उसकी उन बेझिझक खुली आँखों में देखता तो लगता न मालूम कितने गहरे खुले आकाश को मैं देख रहा हूँ, जिसका कहीं भी ओर-छोर नहीं है। मुझे निश्चय हो गया कि यह लड़की किसी दिन सारे देश को अपनी विलक्षण प्रतिभा से चकित कर देगी।

"खैर, मैं उसे पढ़ाता रहा। एक दिन उन चाची ने बताया कि अपने जिन सम्बन्धी के यहाँ वह पहले 'मैट्रिक' तक पढ़ने को रही थी, शायद वे उसके चाचा थे, उनका पत्र आया है। उन्होंने लिखा है कि नलिनी के लिए लड़का उन्होंने ठीक कर लिया है लेकिन नलिनी ने स्पष्ट कह दिया कि उसका विचार अभी शादी करने का कतई नहीं है। अभी वह थर्ड ईयर में ही पढ़ती है; कम-से-कम एम.ए. तक वह इस विषय पर सोचेगी भी नहीं। फिर दूसरा पत्र आया, वह लड़का इसी मुहल्ले का है, हमारी ही जाति का है, पिछले आठ-दस साल से मैं उसे देख रहा हूँ—बड़ा सुशील और सीधा लड़का है। उसी ने नलिनी को मैट्रिक के लिए इंग्लिश पढ़ाई थी—नलिनी भी उसे जानती है। घर काफी सम्पन्न है—वह सुखी रहेगी, पास रहेगी। लेकिन नलिनी भी एक नम्बर की ज़िद्दी लड़की, एक नहीं मानी। फिर तीसरा पत्र आया—उस लड़के ने नलिनी में पता नहीं क्या देखा है कि अपने बाप से स्पष्ट कह दिया है कि शादी करूँगा तो इसी लड़की से, नहीं तो बिलकुल नहीं। इसी विषय में वे मुझसे सलाह लेने आई थीं कि अब क्या करें? नलिनी पास बैठी सब सुन रही थी। मैं कुछ राय ज़ाहिर करूँ इससे पहले वह स्वयं बोली, 'पता नहीं क्यों लड़कों को शादी करने की ऐसी जल्दी पड़ती है। लाइए मैं उन्हें लिख दूँ सीधा, कि मैं आपसे शादी नहीं करना चाहती।' मैंने उसकी ओर देखा, शायद वह मज़ाक में कह रही हो, पर उस समय वह काफी गम्भीर थी। मैं उस ओर देख नहीं सका। वकीलनी ने कहा, 'समझाओ इसे।' यद्यपि मन-ही-मन मैंने स्वीकार किया कि नलिनी की बात ठीक है; जब वह पढ़ना चाहती है तो उसे पढ़ने देना चाहिए। तो भी मैंने यों ही कहा—जब वह इतना हठ पकड़ रहा है तो मान जाओ न, कर-करा लो उसी से शादी।"

"उसने मुझे ठीक इस तरह से देखा, जैसे किसी बच्चे को देखते हों और वह झिड़ककर बोली, 'आप भी क्या बात करते हैं, भाई साहब बच्चों जैसी! अब अचानक मैं ही आपसे कहने लगूँ कि मुझसे शादी कर लीजिए, तो कैसे हो सकता है! न मैंने उन्हें कभी इस दृष्टि से देखा, न मेरे मन में कभी ऐसी बात आई।' उसके मुख पर उत्तेजना थी। उसका मुख-मण्डल प्रदीप्त था।

"मुझे हँसी आई—कैसी मूर्खता की उपमा इसने दी है। कहा—न सोचा न सही, तब भी इसमें हरज क्या है?

'हरज क्या है?' उसने बच्चों की तरह मुँह बिरा दिया, 'हरज है कैसे नहीं, ऐसा हो ही नहीं सकता। मैंने उन्हें सदैव गुरु की पूजा और भाई की पवित्र दृष्टि

से देखा है। जिस तरह आप हम लोगों में घुल-मिल गए हैं न, ठीक वैसी ही उनकी बात है वहाँ। मैंने कभी सोचा भी नहीं था कि एक दिन वे इस प्रकार हठ करके बैठ जाएँगे कि मैं शादी करूँगा तो इस नलिनी से ही करूँगा।' वह थोड़ी देर चुप रही, फिर जैसे स्वयं ही सोचती-सोचती बोली, 'हिश्, मैं नहीं करूँगी शादी-वादी।'

"खैर, मैं चुप रहा। दो-तीन दिन फिर उसी स्वाभाविकता से कटे। एक दिन गया तो पता चला कि उसके वही चाचाजी आए हुए हैं। उस दिन नलिनी बड़ी चिन्तित-उदास थी। उसने बताया, आज रात-भर मैं ठीक से नहीं सो पाई, चाचाजी आए हैं, बता रहे हैं कि लड़के को भी ज़िद आ गई है कि शादी बस इसी से होगी। उसने तीन-चार दिन से अनशन कर रखा है। जब मैं शादी नहीं करना चाहती तो क्यों ये लोग मुझे विवश कर रहे हैं कि मैं शादी करूँ ही? अब आप ही बताइए, मैं क्या करूँ? चाचाजी इसलिए आए हैं, ये लोग किसी का आत्मविकास होते नहीं देख सकते। मैं बुद्धिमान हूँ, मैं प्रतिभाशाली हूँ, मैं सुरीला गाती हूँ, सुन्दर बजाती हूँ और सौन्दर्यशालिनी हूँ, फिर! कहिए, आपको इन सब बातों से क्या मतलब? आपको यह सब कैसे विश्वास हो गया कि मैंने यह सब चीज़ें आपके लिए ही सहेजकर रखी हैं। इसमें मेरा अपना कुछ नहीं है? अजब आफत है।' और क्रोध अथवा घृणा से उराने अपना निचला होंठ ज़ोर से चबाया। मैं चुपचाप देखता रहा। उसके वाक्यों में सत्य की ज्वालाएँ थीं। लेकिन मैं, उस समय, क्या कर सकता हूँ–समझ में नहीं आता था। उसे समझाया–शादी तो नलिनी तुम्हें करनी ही है, अब नहीं तो दो वर्ष बाद। फिर तुम्हें अब ही ऐसी क्या आपत्ति है?

"तो आपको ऐसा अधिकार किसने दिया कि आपने तो मुझे देखा, और खट से मचल पड़े, अनशन कर दिया कि मैं तो इसी से विवाह करूँगा और हम सोच भी नहीं पाए, कि सारे घरवाले चील-कौवों की तरह नोंचने-खोंचने लगे–कर इसी से, कर इसी से।' उसकी आँखों में पहली बार मैंने देखा आँसू आ गए थे, जिन्हें वह घूँट-भरके पी गई, फिर बोली, 'भाई साहब, आप तो समझेंगे मैं और लड़कियों की तरह बहानेबाज़ी कर रही हूँ, परमहैंदय से कह रही हूँ मुझे शादी करने की इच्छा ही नहीं है।' वह चुपचाप कुछ सोचती रही। फिर बोली, "चाचाजी ने मुझे रात को कोई दो घण्टे लेक्चर पिलाया, नाश्ते के समय सुबह समझाया और अभी बाहर गए हैं आकर फिर भाषण देंगे। माताजी, बाबूजी–सभी मेरे पीछे

पड़े हैं। अब आप भी...मैं क्या करूँ भाई साहब, इससे अच्छा तो मैं कहीं मर जाती।'
उसकी इस अन्तिम बात से अचानक मैं चौंक गया। यह उसके मुँह से निकला
हुआ पहला वाक्य था जो उसने जैसे व्यथा से तड़पकर कहा था। मैं स्वयं भी उन
दिनों काफी उद्विग्न, बेचैन, व्यथित हो रहा था। मेरी स्थिति बड़ी विचित्र थी, यदि
मैं शादी का विरोध करता तो वे लोग मेरे और नलिनी के विषय में न जाने क्या-क्या
सोचते। पर फिर भी बार-बार जैसा कोई ललकारकर पूछता—क्या मैं उसके लिए
कुछ नहीं कर सकता?—क्या नहीं कर सकता कुछ? और यह प्रश्न ही धमककर
ध्वनि-प्रतिध्वनि के रूप में व्याप्त हो जाता कि उसके उत्तर के विषय में मैं सोच
ही नहीं पाता था। बड़ा खिंचाव शिराओं में था। मैंने दुःखी स्वर में कहा—'क्या
बताऊँ नलिनी, मैं स्वयं भी कोई राह नहीं सोच पाता! तुम्हारी प्रतिभा का मैं शुरू
से ही कायल हूँ। मेरा विश्वास था कि यदि यों ही तुम्हारा स्वाभाविक विकास होता
गया, तो तुम एक दिन अपनी प्रतिभा से संसार को चकाचौंध कर दोगी। पर अब.
.. ।''

अचानक सुधीन्द्र भाई अपनी बात कहते-कहते रुक गए, क्योंकि मैंने आगे
बढ़कर उस ज़िद्दी पापा के दोनों कान पकड़ लिए थे। गुस्सा तो ऐसा आ रहा
था कि दो मारूँ तानकर चाँटे—तबीयत ठिकाने आ जाए। बड़े लाड़ले बने हैं,
जबसे मना कर रहे हैं कि मान जा, मान जा तो समझ में ही नहीं आता। सब
बच्चे बाहर खड़े हैं और ये बेचारे यहाँ खड़े हैं, अकेले, यहाँ खिलौने लेने को।
ले खिलौना, अब तुझे कैसा खिलौना देता हूँ। दोनों कान खींचते ही पापा ज़ोर
से चीखा, एक बार उसने मेरी क्रुद्ध सूरत देखी और जीजी का पल्ला पकड़ लिया।

''अरे, क्या कर रहा है रे...'' माताजी चिल्लाई ''क्यों उसके कान उखाड़े
ले रहा है?'' मैं उसके कान यों ही खींचे-खींचे बाहर ले चला।

''हाँ ले जा, जबसे समझा रहे हैं तो मानता ही नहीं है।'' जीजी ने बनावटी
गुस्से से कहा, वास्तव में उन्हें मेरा यह व्यवहार अच्छा नहीं लगा था। ज़िद करता
हुआ पापा, बुरा माताजी को भी लग रहा था, पर जीजी की ओर देखकर वे एकदम
उठीं, पापा की बाँह पकड़कर मुझे एक ओर धक्का दे दिया, ''मानता ही नहीं
है।'' पापा को उन्होंने गोद में उठा लिया, ''भैया ज़िद नहीं करते''।

मुट्ठी बनाकर आँखों को मलते हुए उसने सिसक-सिसककर मूर्ति की ओर
एक हाथ बढ़ाकर कहा, ''अम्मा, वो लेंगे।'

''अच्छा ले।'' माताजी उसे उठाए-उठाए मेण्टलपीस के पास गईं और वहाँ

से गेरुए रंग की चमकदार चीनी की बनी वह मूर्ति उसे दे दी। उसने दोनों हाथों से पकड़ लिया।

मैं भुनभुनाया, ''उसका क्या है, वह तो ज़रा-सी देर में तोड़ देगा। ग्यारह रुपए की एक मूर्ति लाया हूँ—सो भी अब मिलती नहीं है—ऐसी सुन्दर और गठी हुई।''

''हाँ-हाँ नहीं तोड़ेगा।' माताजी ने कहा, ''हम दे देंगे पैसे, दूसरी ले आना।'' फिर उन्होंने पापा को जीजी के पास बैठा दिया फर्श पर ही। जीजी ने उसे समझाया, ''हाँ भैया, तोड़ियो नहीं।''

''अब मिली जाती है दूसरी!'' मैं मन-ही-मन दाँत पीसकर रह गया। चुप रह गया यह सोचकर कि सुधीन्द्र भाई न जाने क्या सोचेंगे, उनकी बात सुनते-सुनते ऐसा बखेड़ा मचा दिया। उसकी ओर एकाध बार देखकर उनकी बात के प्रति उत्सुकता दिखाई—''हाँ फिर क्या हुआ?'' पापा मूर्ति को फर्श पर रखकर खेल रहा था—कभी इधर से झाँककर देखता, कभी उधर से।

सुधीन्द्र भाई बड़ी विचित्र-सी दृष्टि से यह सब देख रहे थे। हो सकता है उन्हें बुरा न लग रहा हो, पर उन्हें विशेष अच्छा भी न लग रहा था—मैंने तत्काल अनुभव किया। इसीलिए ऐसा भाव दिखाया जैसे कुछ हुआ ही नहीं—हमने अधिक से अधिक अपना ध्यान उनकी ओर केन्द्रित कर दिया।

''हाँ, तो दूसरे दिन जब मैं गया तो चाचीजी बड़ी दुःखी-सी आईं, ''तुम्हीं बताओ सुधीन्द्र, मैं क्या करूँ, उसे लाख समझाया, मैंने समझाया, तुम्हारे वकील साहब ने, लालाजी ने, लेकिन वह तो एक ही रट लगाए है—मैं तो पढ़ूँगी—मैं तो पढ़ूँगी। लड़का कहता है कि तू ज़िन्दगी-भर पढ़ेगी तो मैं ज़िन्दगी-भर पढ़ाऊँगा, अपना घर-बार सब बेचकर पढ़ाऊँगा। जो तेरी इच्छा हो सो कर, पर वह मानती ही नहीं है।' कहाँ है?—मैंने पूछा। बताया, 'भीतर पड़ी है पलंग पर, न खाती है, न नहाती है। बस रोए जा रही है, अब हमारी तबियत तो इससे बड़ी हलकान होती है। इतनी बड़ी हो गई आज तक नहीं रोई और अब...तुम्हीं समझाओ।' मैंने पूछा।—चाचाजी गए? उन्होंने जिस ढंग से हाँ कहा मैं कुछ-कुछ समझ गया। कुछ नहीं कहा। चुप भीतर गया। कमरे में पलंग पर वह चुपचाप औंधी पड़ी थी—रह-रहकर उसका सारा शरीर काँप उठता था। मैं कुछ देर चुप रहा, फिर पुकारा—नलिनी, नलिनी! उसने कुछ नहीं कहा। मैं उसके पास ही पलंग पर बैठ गया। दोनों कन्धे पकड़कर उसे सीधा किया—देखा, वह रो रही थी। उसके खिले गुलाब-से चेहरे को जैसे पाला मार गया था, सारा मुँह उसका लाल हो गया था,

और आँखें वीरबहूटी के सुर्ख रंग की तरह जल रही थीं। उस समय एक क्षण को भाभीजी, सच मुझे ऐसा लगा कि इस दहकते चेहरे के लिए मैं क्या न कर दूँ। किस आसमान के नीले और मनहूस परों को चीर दूँ जो उस पर अपनी काली छाया डाले हैं और कौन-सा पहाड़ है जिसे उठाकर फेंक दूँ, जो इसका रास्ता रोके हुए है। उस समय मुझे अपनी बाँहों में वज्र-जैसी शक्ति लहरें लेती अनुभव हुई। मैंने उसका सिर लेकर अपनी गोद में रख लिया—बाल उसके चेहरे पर फैल आए थे। उन्हें एक हाथ से इधर-उधर कर दिया। बड़े दुःखी स्वर में कहा, 'नलिनी, ऐसे क्यों रो रही हो?' उसका रोना बन्द हो गया था, केवल कभी-कभी एक हिचकी से उसका सारा शरीर सूखे पत्ते की लड़खड़ाहट की भाँति काँप उठता था। मेरी समझ में नहीं आता था कि मैं क्या कहकर उसे सान्त्वना दूँ। फिर कहा, 'नलिनी, रो मत।' लेकिन नलिनी की इतनी देर से संचित रुलाई फिर फूट पड़ी और वह फिर बुरी तरह रो उठी। मेरा कण्ठ स्वयं भीग गया था और आँखों में आँसू बड़ी मुश्किल से रुक पा रहे थे। फिर भी मैंने उसे समझाया, 'नलिनी, जो हो गया सो हो गया। वह तुम्हें विश्वास दिलाता है कि पढ़ने इत्यादि की पूरी सुविधा देगा। क्यों व्यर्थ रो-रोकर अपना स्वास्थ्य खराब करती हो।' लेकिन जैसे वह कुछ सुन ही नहीं रही थी। उसे तो इस समय जैसे रुलाई का दौर आ गया था—बस रोए जा रही थी। भाभीजी, मैं ठीक बताता हूँ उस दिन तीन घण्टे मेरी गोद में पड़ी-पड़ी वह काँटों पर पड़ी मछली की तरह तड़फड़ाती रही। उस दिन मैं भी रोया। लेकिन उस दिन के बाद से उसके शरीर की स्फूर्ति, उसके चेहरे की उत्फुल्लता, उसकी भोली-सी आँखों का उल्लास जैसे किसी ने मन्त्र के ज़ोर से खींचकर फेंक दिए और वह एक साधारण कंकालमात्र थी—निस्तेज और उदास। किसी ओर देखती तो बस देखती रहती।

"और पिछले साल उसका विवाह हो गया। ज़िन्दगी में शायद दूसरी बार वह जी खोलकर रोई। उस दिन उसने मुझसे कहा, 'बस भाई साहब, अब नहीं रोऊँगी, क्योंकि जो चीज़ मेरे पास असाधारण थी, जिसका मुझे गर्व था और जिससे मुझे इतना मोह था—अब सदा के लिए उसकी चाह छोड़ दी है। बस अब मैं एक साधारण लड़की हूँ—दुर्बल और कमज़ोर।'

"वह ससुराल चली गई। थोड़े दिन बाद आई। जब मैंने फाइनल की परीक्षा दी तभी उसने बी.ए. की परीक्षा दी—जैसे बिल्कुल निरुत्साहित और निर्लिप्त होकर। आपको आश्चर्य होगा, तो भी बी.ए. में उसने टॉप किया। विभिन्न पत्रों में जब

उसके चित्र छपे, और उसने देखे तो मुझे लगा उसका उन्मुक्त उल्लास फिर उसे कुछ समय को मिल गया है। बड़े प्रसन्न होकर उसने कहा, ''भाई साहब, चाहे कोई जितना ही विरोध क्यों न करे, मैं तो खूब पढ़ूँगी।'' पर तभी फिर अचानक कुछ क्षण को उदास हो गई। उन दिनों उसने संगीत का अभ्यास खूब बढ़ा लिया था। रोज़ मुझे कुछ-न-कुछ सुनाती—उन दिनों वह बड़ी प्रसन्न रही। ओफ, कितना सुन्दर वह गाती थी। आज तक मैं निश्चय नहीं कर पाया कि उसकी प्रतिभा संगीत में अधिक अभिव्यक्त होती थी या लेखन में। उन दिनों उसने कुछ सुन्दर निबन्ध और कहानियाँ लिखीं। छुट्टियों-भर इस बात पर बहस होती रही कि वह एम.ए. कहाँ 'जॉइन' करे। ससुरालवालों के पत्र आते कि बनारस ही सबसे अधिक ठीक रहेगा, और वह कहती कि मैं तो यही पढ़ूँगी। एक दिन वह महाशय स्वयं आ धमके लेने के लिए। इस स्वभाव का मैं पहले नहीं समझता था उन्हें। वे आकर हठ पकड़ गए कि लेकर जाऊंगा तो अभी नहीं तो आप अपनी लड़की को रखिए, फिर मेरे यहाँ भेजने की ज़रूरत नहीं है। हम लोगों ने लाख तरह समझाया कि वह बी.ए. में ऐसी अच्छी तरह पास हुई है और उसकी ऐसी उत्कट लालसा है कि आगे पढ़े तो क्यों न पढ़ने दिया जाए। वे बोले, पढ़ने का इन्तज़ाम क्या वहाँ नहीं है। बनारस यूनिवर्सिटी में वह बड़े आराम से पढ़ सकती है। खैर, वे महाशय उसे लेकर ही टले, बस, वही मेरी और उराकी अन्तिम भेंट थी। एम. ए. 'जाइन' नहीं कर सकी। लिखा, 'वहाँ से आकर इनकी तबियत खराब हो गई है। मैं रात-रात-भर जागकर भगवान से मनाती हूँ, कि ये ठीक हो जाएँ तो कॉलेज 'जॉइन' करूँ—एडमीशन की तारीखें निकली जा रही हैं।' लेकिन वह सज्जन तो शायद प्रण करके ही बीमार हुए थे कि दो महीने से पहले ठीक नहीं होंगे। तो वह एडमीशन ले ही नहीं पाई। उसने लिखा, ''भाई साहब, कभी-कभी तो इच्छा होती है पड़ा रहने दूँ बीमार और जाने लगूँ पढ़ने। पर सोचती हूँ ये लोग मुझे खा जाएँगी।' इसके बाद और भी, समय-समय पर पत्र आते रहे, उन सबमें जो कुछ लिखा था, उसका तात्पर्य था, 'भाई साहब, मैं क्या करूँ, यहाँ मेरी समझ में नहीं आता। यहाँ कोई काम मुझे करने को नहीं है, दिन-रात यह बात जोंक की तरह मेरा खून सुखाए देती है कि जिस प्रतिभा की आप यों तारीफ करते नहीं अघाते थे, जिस बुद्धि पर मुझे गर्व था, जिस सौन्दर्य से मेरी सहेलियाँ ईर्ष्या करती थीं, मेरे जिस संगीत पर बाबूजी झूम जाते थे, जिस शैली पर लोग दाँतों-तले उँगली दबाते थे, क्या वह सिर्फ इसलिए है कि अनर्गल और व्यर्थ की प्रेम की

बातों में भुला दी जाए? वे समझते हैं कि अधिक-से-अधिक प्रेम-प्रदर्शन से वे मुझे प्रसन्न कर रहे हैं, दिन-रात—तुम परी हो, तुम अप्सरा हो, तुम यह हो, तुम वह हो और मैं तुम पर भौंरे, परवाने और पपीहे की तरह मरता हूँ।—सच कहती हूँ भाई साहब, इन बातों में मेरा मन नहीं लगता। हाँ, मैं सुन्दर हूँ—तुम मरते हो, फिर? लेकिन वे हैं कि दफ्तर जाएँगे—जो घर से एक मील है तो चार खर्रे भरकर प्रेमपत्र लिख भेजेंगे, जैसे न जाने कितने वर्षों के वियोग में जल रहे हैं। उसमें सैकड़ों सिनेमा के गीत लिखे होते हैं, तकदीर कोसी गई होती है, दुनिया को लानत दी जाती है कि भाग्य का खेल है, दुनिया ने हमें यों अलग कर दिया है, वह हमारा मिलन यों नहीं सह सकती। पता नहीं वह दुनिया कहाँ रहती है? अब आप ही बताइए इन मूर्खतापूर्ण बातों से क्या फायदा? कोई कहाँ तक अपने को इन बेवकूफियों में उलझाए रखे।' और भाभी, नलिनी का अन्तिम पत्र तो बड़ा ही करुणापूर्ण है। लिखा है, 'मेरे चारों ओर भीषण अन्धकार की एक अभेद्य चादर आकर खड़ी हो गई है, भाई साहब, मैं तब कितनी रोई-चीखी थी कि मुझे इस अन्धकार के गर्त में मत धकेलो, मैं वहाँ मर जाऊँगी। इस अन्धकार के खूनी पंजों ने मेरी अभिलाषाओं और उच्चाकांक्षाओं की गरदनें मरोड़ दी हैं, और अब मैं इतनी अशक्त हो गई हूँ कि छटपटा भी नहीं सकती। खाने-पीने और प्रेम की इन झूठी-सच्ची बातों के बाद बचे हुए समय में कभी शॉपिंग करने, घूमने या सिनेमा जाने या दिन-भर औरतों की इस-उसकी बुराई-भलाई करने वाली बातों में अपनी ज़िन्दगी को बाँध देने में मैं अपने-आपको बिलकुल असमर्थ पा रही हूँ। इन दिनों यह मानसिक भर्त्सना मुझे खाए जा रही है। भाई साहब, मैं क्या करूँ? मैं जानती हूँ, हज़ारों लड़कियों को यही चरम और परम सुख है, पति का अंधाधुन्ध प्यार, सोने और चाँदी से भरा घर-बार और निश्चिंत दिन। लेकिन इतने दिन मैंने जो भी पढ़ा, जो कुछ भी सीखा जो आज भी मैं समझती हूँ, लाखों लड़कियों में अच्छा था, क्या केवल इसलिए था कि यहाँ आकर सड़ जाए? यहाँ करने बैठूँ भी तो ज़्यादा-ये-ज़्यादा खाना बना लूँ, चौका-बरतन कर लूँ, हो सकता है इन बातों में मेरा सारा समय लग जाया करे—लेकिन बस? इसीलिए मैंने उस देवदुर्लभ प्रतिभा को संजोया था? भाई साहब, ये शादी करने वाले लड़कियों के यहाँ जाकर पूछते हैं—तुम्हारी लड़की गाना-बजाना जानती है, कसीदाकारी जानती है, मिठाई बनाना जानती है?—उस समय उनकी इच्छा होती है कि संसार का कोई काम क्यों बच जाए जिसे यह लड़की न जानती हो? लेकिन कोई इनसे

पूछे विवाह के फेरों के बाद सिवा चौके-चूल्हें के कौन-सी कलाकारी लड़की के काम आती है। कोई मुझसे पूछे, मेरी सारी किताबों को कीड़े खाए जा रहे हैं। पढ़ने के प्रति किसी में रुचि नहीं है। यों शौक सभी को है कि लड़की के सामने एजुकेटेड शब्द लगा सकें। वैसे सभी को पाउडर, लिपस्टिक और बुनाइयों की बातें करनी उससे अधिक आवश्यक लगती हैं। बुनाई इसलिए नहीं कि कला है, बल्कि इसलिए कि फैशन है, इसीलिए कोई नई बुनाई देखी सब उसकी नकल करेंगी, नया ब्लाउज़-साड़ी देखा, वैसी ही लाएँगी-बनवाएँगी। नए कट का गहना देखा, खट से पहला टूट रहा है, नया बन रहा है, रोज़ चीज़ें टूटती हैं, रोज़ बनती हैं। किसी-किसी को तो शायद एक बार भी नहीं पहना जाता, और टूटकर नया बन जाता है, क्योंकि वह पहले से अधिक सुन्दर है। और यह क्रम कभी खत्म नहीं होता। मेरे वायलिन और सितार में मानों धूल भर गई है। महादेवी और मीरा के गीत मैं यहाँ गाकर सुनाऊँ तो सब उल्लुओं की तरह मेरा मुँह देखें। बात-बात में इनकी इज़्ज़त का ध्यान, बात-बात में स्त्री होने की घोषणा। वह ऊँचे घरों की बातें हैं। नीचे घरों को भी देखती हूँ, जहाँ चूल्हे-चौके से ही फुरसत नहीं मिलती। सच भाई साहब, आज हृदय में बड़ी प्रचण्ड शक्ति से यह भाव उठ रहा है कि काश, मैं एक साधारण लड़की होती—मूर्ख और भेड़, जिसके बचपन की सारी तैयारियाँ, शिक्षा-दीक्षा केवल विवाह के लिए होती हैं, और विवाह होने के बाद जैसे इन सारे झँझटों से छुटकारा मिलता है। इस सबके लिए शायद सबसे अधिक दोषी आप हैं। आपने ही मेरी महत्त्वाकांक्षाओं को उभाड़कर इतना बढ़ा दिया था कि तू यों करेगी, यों करेगी! आपने ही मेरे दिमाग में भर दिया था कि मैं असाधारण प्रतिभाशालिनी हूँ, और आपने ही अपने कन्धों पर चढ़ाकर इतना ऊँचा उठा दिया था कि आज जब ये लोग मुझे फिर उस कीचड़ में घसीट रहे हैं, तो टूट जाना चाहती हूँ, बिखर जाना चाहती हूँ, मर जाना चाहती हूँ, पर नीचे नहीं आ पाती। अब बताइए मैं क्या करूँ? कैसे मर जाऊँ? कब तक यों छटपटाती रहूँ? भाई साहब, मुझे कोई रास्ता बताइए, बताइए न! केवल विवाह करके यों इन चारदीवारियों में सड़ जाने के लिए शायद मैं नहीं जनमी थी। मुझे और कुछ करना था—मुझे कुछ और करना था।'

"खैर भाभीजी, यह उसका अन्तिम पत्र था, फिर तो उसका तार ही आया।"

यह सब बोलने में सुधीन्द्र भाई का स्वर न जाने कितनी बार गीला हुआ, कितनी बार भर्राया, पर इस बार तो जैसे वह बोल नहीं पाए। गले में कफ-सा

अटक गया, उसे खाँसकर साफ किया फिर थोड़ी देर चुप रहे। पापा बुद्ध भगवान् की मूर्ति को धीरे-धीरे पृथ्वी पर ठोक-ठोककर खेल रहा था, एक बार हमने उस ओर देखा, पर जैसे भाव-शून्य होकर। सब उत्सुकता से सुधीन्द्र भाई की ओर देख रहे थे।

“मैं जब वहाँ गया तो पता चला कि वह अस्पताल में,” संयत होकर सुधीन्द्र भाई ने कहना आरम्भ कर दिया।

“अस्पताल?” प्रायः सभी चौंके।

“हाँ।” उन्होंने कहा, “उसके सारे घरवाले स्तब्ध-से थे। अस्पताल गया—देखा उसका सारा शरीर फफोलों से भरा था या जलकर काला हो गया था। वह मर चुकी थी, उसने मिट्टी का तेल छिड़ककर आग लगा ली थी।”

“हैं!” जैसे किसी ने बड़ी भारी काँसे के घण्टे में समस्त शक्ति से हथौड़ा दे मारा—सारा वातावरण झनझनाकर थर्रा उठा।

उसी समय पापा ने बुद्ध की मूर्ति को ज़ोर से पृथ्वी पर पटका। खन-खन करते हुए सुन्दर खिलौने के चमकदार टुकड़े इधर-उधर बिखर गए...

हम सब मन्त्र-जड़ित थे।

घण्टों की झनझनाहट गूँज बनकर डूबती जा रही थी।

सम्बन्ध

शायद मरते वक्त वह खिलखिलाकर हँसा था, मन में पहला विचार यही आया। बाकी खोपड़ी कुछ इस तरह से जलकर काली पड़ गई थी और आसपास की खाल कुछ ऐसे वीभत्स रूप में सिकुड़ी हुई थी कि सिर्फ बत्तीसी की सफेदी ही पहली निगाह में दीखती थी और बाकी चेहरा न देखो तो यही भ्रम होता था कि वह हँस रहा है। शायद 'ममी' का चेहरा भी ऐसा ही लगता होगा।

गेरू-पुती इस बिल्डिंग के बरामदे और फिर काली सड़क पर लोगों की भनभनाहट गुँथकर चंदोवे की तरह तन गई थी, जिसे सम्बन्धियों और परिवार-वालों का रोना-पीटना खम्भों की तरह ऊपर उठाए था। सभी कोई चंचल और आन्दोलित था, लेकिन एक सकतो से साध्य। मैं पीछे वालों का आग्रह झेलता हुआ गर्दन ताने बीच के गोले में झाँकते रहने में सफल हो गया था। लाल पत्थर की पटियों वाले फर्श पर बीचों-बीच, सफेद चादरे से ढँकी वह लाश लेटी थी। चादरे पर जगह-जगह खून और तेल के दाग थे और वह मैली थी। अभी कोई अट्ठारह-बीस साल की युवती उस पर दहाड़ मारकर रोते हुए गिरी थी और इससे विचलित होकर कुछ दुर्बल हृदय मुँह मोड़कर भीड़ से बाहर निकलने के लिए छटपटाए थे, तभी मौका देखकर मैं भीतर घुस गया था। उस समय दो-तीन औरतें उसे, जो साफ ही मृतक की पत्नी थी, गोद में भरकर उस लाश से अलग कर रही थीं, इस प्रयत्न में चादर खिंच गई थी और लाश का चेहरा दीखने लगा था जिसे पास ही उकड़ूँ बैठे दो व्यक्तियों ने फिर ठीक कर दिया था। चादर की सिकुड़नें ठीक होते ही टूटी गहरी कत्थई चूड़ियों के टुकड़े सरककर लाश की अगल बगल ज.मीन पर आ गिरे थे। चादर की बुनाई के रेशों में फैलकर कई सुर्ख दाग निहाय बेढंगे हो गए थे और यह जान पाना मुश्किल था कि चूड़ियों के टूटने से, कलाई से निकले खून के हैं, सिन्दूर के हैं, या लाश के शरीर से निकले रक्त के पहले

दाग हैं। छूकर देखने से ही पता चलता कि ताज़े या पुराने; देखने में ताज़े ही लगते थे।

...यह तो मरते वक्त वह खिलखिलाकर हँसा था या हँसते-हँसते मरा था, मैं अभी भी यह सोच रहा था। लेकिन दोनों में से एक भी बात की सम्भावना नहीं थी। स्तब्ध और चुप रहकर देखता रहा। वीभत्स और भयानक का भी अपना एक सम्मोहन होता है, ठीक अश्लीलता की तरह—मन की बनावट और संस्कार विद्रोह करते रहते हैं; लेकिन कुछ है जो बाँधे रहता है। आतंक, आशंका या दृश्य की भयानकता के कारण एक मितली-सी बार-बार गले तक आ जाती थी...लेकिन लगता था, जैसे बाहर के दृश्य का सारा अरुचिकर मेरे भीतर उतर आया है और दिमाग में एक के ऊपर एक काटती आवाज़ें एक के ऊपर एक फेंकी जा रही हैं—विभिन्न कोणों से फेंके भालों की तरह...

"हटो, हटो...इस तरह लदे क्यों आ रहे हो?" कभी-कभी कोई सिपाही, सफेद लम्बा कोट पहने अस्पताल की नर्स, या कोई नीली वर्दीधारी कर्मचारी डाँटकर भीड़ को पीछे ठेल देता...भीड़ एक औपचारिक ढंग से पीछे हटती और फिर वह दमघोंटू घेरा संकरा होने लगा।

दोनों घुटनों पर कुहनियाँ रखे, सामने की ओर हाथ फैलाए बैठा सूनी भावहीन नज़रों से कहीं भी न देखता आदमी या तो लाश का बाप है, या पन्द्रह-बीस वर्ष बड़ा भाई, यह किसी के बताए बिना भी साफ था। साँवले चेहरे पर सफेद-सफेद झाग जैसे बाल थे, यानी हज़ामत कई दिनों से नहीं बनी थी और मटमैली आँखों में लाल डोरों का जाल था, नीचे के पपोटों में गोलियाँ जैसी लटक आई थीं। सिर पर खिचड़ी बालों के बीच छोटा-सा गंज-द्वीप था, चेहरे पर खून नहीं था। कमीज़ और धोती पहने इस तरह बैठा था जैसे कोयलों के जल जाने के बाद राख का आकार रह गया हो और ज़रा छूने से ही ढह जाएगा।

"पाँच साल पहले इसका बड़ा लड़का पानी में डूबकर मर गया था...।" किसी ने बताया, "क्या किस्मत का खेल है...। दो लड़के थे और दोनों ही नहीं रहे...।" अब मेरी समझ में आया कि वह बाप ही है। किसी दफ्तर में हेडक्लर्क है।

"हाय...हाय...।" सुननेवाले ने बड़ी गहरी साँस ली, "हे भगवान, कैसी मिट्टी बिगड़ी है बुढ़ापे में, रिटायर होने में पाँच-सात साल होंगे...।"

मैं भी यही सोच रहा था। पूछा, "लड़के की उम्र क्या थी?"

''अजी कुछ भी नहीं, मुश्किल से बाईस-तेईस साल का होगा...पिछले जाड़ों में ही तो गौना हुआ था...।'' सफेद छल्लेवाले माइनस सात के काँचों में आँखें मिचमिचाकर उस व्यक्ति ने बताया। ज़रूर चश्मा उतारने के बाद उसे तलाश करने में इसे बहुत दिक्कत होती होगी।

पता नहीं, इन लोगों का मानसिक स्तर कैसा है, विधवा-विवाह करेंगे भी या नहीं...? इनका पता ले लें तो बाद में विधवा विवाह के तर्क में कोई अच्छी-सी किताब पोस्ट से भिजवाई जा सकती है। मैंने सोचते हुए मानों इसी निगाह से बीच की खुली जगह के किनारे एक बुढ़िया की गोद में पड़ी बहू को देखा, उसकी साड़ी ज़मीन पर बिखरी थी, हरे ब्लाउज़ के बटन खुल गए थे, लेकिन उसे शायद होश ही नहीं था...चेहरे पर पसीने, आँसुओं और बिखरे बालों का ऐसा गुँजलक चिपक गया था कि पता ही नहीं लगता था...मुँह नीचे की ओर है या ऊपर... बुढ़िया ने उसे इस तरह गोद में भर रखा था कि जैसे वह छूटकर फिर लाश पर जा गिरेगी...बाद में यही बुढ़िया इसे गालियाँ दिया करेगी, बर्तन मँजवाएगी और कपड़े धुलवाएगी। मेरा अनुमान गलत था।

माँ ज़मीन पर सिर फोड़-फोड़कर रो रही थी और देवी चढ़ आने पर झूमनेवाली चुड़ैल जैसी लगती थी, सारे वातावरण में उसी की बोली लगातार ऊँचे स्वर में सुनाई पड़ती थी, बाकी बोलियाँ किधर रो आ रही थीं, यह जानना मुश्किल था। उसका गला बैठ गया था और उसकी आवाज़ से कभी-कभी कुत्ते और गाय की बोली का भ्रम होता था—''हाय हाय, अब मैं किसके लिए जियूँगी,...इस बेचारी को किसके लिए छोड़ गया बेटा... इनसे कहा था रुपए दे आओ, रुपए दे आओ, अब रुपयों को छाती पर रखकर ले जाना...अरे, मेरे ज्वान-जवान बेटे को चीर डाला इन डॉक्टरों ने...अरे, इनके बेटे भी इनकी आँखों के सामने यों ही मरेंगे...'' वह लम्बी लय के साथ रो रही थी। मैंने सोचा, ये औरतें रोते हुए गाती हैं और गाने में रोने की बातें करती हैं।

तभी किसी बड़ी-बूढ़ी ने उसे टोक दिया, ''अरी, पता नहीं किस जनम के सराप का फल तो तुम अब भोग रही हो कि ज्वान-जवान बेटे यों उठ गए। अब क्यों किसी को कोसती हो। ज़रा-सा धीरज धरो।''

''अरे मैं कहाँ से धीरज करूँ...? मेरे दोनों पाले-पनासे बेटे चले गए...हाय, हाय ज़रा इन्जेक्शन लगवाओ, अभी तो साँस बाकी है...अब कौन सुबह उठकर जलेबी की ज़िद करेगा? कौन मेरे हाथ-पाँव दबाकर सिनेमा के पैसों के लिए खुशामद

करेगा...अभी तो शादी की हल्दी भी बदन से नहीं उतरी है...'' और उसने फिर झपटकर चादर के नीचे से लाश का काला पड़ा हुआ हाथ निकाल लिया और उसे अपनी छाती से चिपकाकर ज़मीन पर बिखर-बिखर कर रोने लगी।

लाश पर एकाध आदमी यों ही हाथ से हवा कर देता था, जैसे मक्खियों को हटा रहा हो। फैलती बदबू से लगता था कि कई दिनों पहले मरा है। मैंने मन को दिलासा दिया कि बेचारी माँ का दिल है, उसे तो एक-एक बात याद आएगी ही, वह यों ही ज़िन्दगी-भर रोएगी। आस-पास की दो-एक औरतें लय बाँधकर रोने के बीच में ही कभी-कभी बोल देती थीं, ''अरे, मुझसे आकर बोला था, चाची बहुत दिनों से तुम्हारे हाथ का सरसों का साग नहीं खाया है।...हाय, अब मैं किसे खिलाऊँगी?...'' मैंने सोचा घर के रोने वाले लोग काफी कम हैं। शायद अभी सब लोगों तक खबर नहीं पहुँची है, या हो सकता है, ये ही इस नगर में नये हों...अभी तो मुहल्ले-पड़ोस के लोग ले-दे भागे आ रहे हों...शायद तय नहीं कर पाए होंगे कि कौन-से कपड़े पहनें, पीछे कौन रहे या किसका वहाँ होना ज्यादा ज़रूरी है, अस्पताल जाएँ या सीधे श्मशान ही पहुँचें। कपड़ा ढँकी लाश कैसी आतंकास्पद लगती है मैं ज़रा पीछे हट आया, एक तो पीछे के दबाव को सँभालना कठिन हो गया था दूसरे बहुत देर खड़े रहने से घबराहट होने लगती थी...मान लो, लाश की जगह मैं होता तो आस-पास रोने वालों में कौन-कौन होते? इस विचार से सामने के गमगीन लोगों के चेहरों की जगह मुझे अपने एक-एक परिचित का चेहरा याद आने लगा। कल्पना बहुत ही कष्टदायी लगी। मैंने सोचना बन्द कर दिया और बाहर निकलकर जल्दी-जल्दी सिगरेट पीने लगा।

''यों समझो, गोद-गोदकर मारा है।'' भीड़ के बाहरी सिरे पर अस्पताल का जमादारनुमा आदमी बता रहा था।

''लेकिन बदन तो ऐसा काला पड़ गया है जैसे जल गया हो।'' किसी ने पूछ लिया।

''अरे धूनी दी होगी। ऊपर पेड़ों से लटकाकर नीचे से आग जला देते हैं। देखा नहीं चेहरा कैसा बैंगन की तरह जल गया है।'' तीसरे ने बताया।

''सुनते हैं चिट्ठी आई थी, दस हज़ार रुपए फलानी जगह पहुँचा दो, वर्ना लड़के को जिन्दा नहीं छोड़ेंगे। पुलिस को खबर की तो खैर नहीं है...।'' आधी बाँहों में कमीज़ और नेकर पहने साइकिल लिए एक भारी से सज्जन जिस अधिकार से बता रहे थे उसी से लगता था कि एक ही मुहल्ले के हैं। ''उनको खबर लग गई होगी

कि पिछले साल ही गौना हुआ है, सो नकदी-सोना कुछ-न-कुछ तो होगा ही...''

''किसी ने खबर कर दी होगी!'' धूप से आँखों की आड़ करते हुए दूसरे ने राय दी।

''अरे साहब, उनके मुखबिर सब जगह लगे होते हैं, मिनट-मिनट का हाल उन तक पहुँच जाता है...।'' हम दोनों ने एक-दूसरे को इस तरह देखा कि हममें मुखबिर कौन है?

''हाँ साहब, फिर...क्या हुआ?'' इन बेकार की बातों के बीच में आ जाने से झल्लाकर किसी बेचैन श्रोता ने सवाल किया।

''फिर क्या!'' वे सज्जन बताने लगे, ''दो-तीन दिन तो बेचारों ने इसी सोच-विचार में निकाल लिए कि रुपयों का इन्तजाम करें तो करें कैसे? पन्द्रह-बीस साल की नौकरी हो गई तो क्या हुआ, तुम जानो आज के ज़माने में इतना रुपया है किसके पास? फिर कोई सेठ-साहूकार हों तो बात दूसरी है। नौकरी-पेशा आदमी बेचारा महीने के खर्चे ही कैसे पूरे करता है, हम जानते हैं। जितना सोचा था, लड़के की शादी में उतना मिला नहीं। जो जोड़ा था वह लड़कियों की शादियों में लगा चुके थे—ऊपर से कर्ज़ा और था...मगर साहब लड़के की जान का मामला ठहरा...हाथ-पाँव जोड़कर किसी तरह माँग-जाँचकर रुपए जमा किए। फिर किसी हम-तुमवार ने समझा दिया होगा या पता नहीं क्या दिमाग में आई कि चुपके-से पुलिस में जाकर खबर कर दी।''

''च्चू-च्चू, हरे राम-राम!'' कई एक साथ बोले, ''बस, यही गलती कर दी ...अरे भाई, पुलिसवाले साले ये सब कराते ही हैं। उनसे मिले रहते हैं और इस तरह के, उठाकर ले जाने वाले डाकू तो समझे, बड़े चौकन्ने होते हैं। जहाँ उन्हें ऐसा कुछ शक हुआ कि फिर तो बोटी-बोटी काट देते हैं। पिछली बार सुना नहीं था?...''

काफी भीड़ इधर ही मुड़ आई थी और साँस रोके यह किस्सा सुन रही थी। बात किसी और किस्से में बह जाएगी इस अधीरता से झल्लाकर किसी ने नेकरवाले से पूछा, ''तो फिर...फिर क्या हुआ?''

''बस, साहब, ये रुपए रख आए और पुलिस ने मोर्चा साध लिया...घण्टा, दो घण्टा, तीन घण्टा...कोई रुपए लेने ही नहीं आया।''

''कोई नहीं आया?'' भीड़ में सामने वाले ने पूछा।

''उन्हें तो पता लग गया न...वो क्यों आते?'' नेकरवाला बोला, ''दूसरे

दिन ही चिट्ठी आ गई कि आपने हमारे साथ धोखा करके पुलिस को खबर कर दी, अब हमारा कोई दोष नहीं है...'' यहाँ सुननेवाले ने गहरी साँस ली। ''सो बेचारे को मार-मूरकर कल रात को नाले पर डाल गए...यों देखो कि एक-एक इंच पर चोट के निशान हैं...।''

''और रही-सही कसर, पोस्ट-मार्टम के नाम पर डॉक्टरों ने पूरी कर दी।'' किसी ने जोड़ा। शायद सभी का यही ख्याल था कि पोस्ट-मार्टम या डॉक्टरी रिपोर्ट का अर्थ एक-एक अंग चीर-फाड़कर देखना है।

सारी भीड़ पर नए सिरे से एक आंतक का आलम तारी हो गया...और जैसे सब अपने-अपने बच्चों की बातें सोचने लगे। पहला खयाल मुझे भी यही आया, चलो अच्छा है मेरे बच्चे यहाँ नहीं हैं; फिर सोचा, लेकिन ऐसे दल तो वहाँ भी होंगे। आज ही चिट्ठी लिखूँगा—बच्चों को एकदम बाहर मत निकलने देना!...

''पहली चिट्ठी तो लड़के के हाथ की ही लिखी हुई बताते हैं।'' किसी ने कुछ देर से छाई दमघोटू चुप्पी को तोड़ा।

''मार-मारकर लिखवाई होगी।'' समझदारी से, मुंडासा बाँधे एक नम्बरदार जैसा आदमी बोला, ''इन लोगों को दया-माया थोड़े ही होती है...''

ऐसे समय क्या बोलना चाहिए, यह तय करना बड़ा ही मुश्किल है। मैंने समझदारी से कहा, ''वो तो कहो, लड़का था सो मार दिया; लड़की होती तो पता नहीं बेचारी की क्या दुर्गत करते किसके हाथों कहाँ जा बेचते...'' लेकिन शायद यह मन ही मन कहा, क्योंकि किसी पर कोई असर नहीं हुआ। वही मुंडासेवाला समझा रहा था, ''ऐसा वक्त आ गया है कि आदमी चोर-डाकू न बने तो क्या करे? गेहूँ साथ रुपए मन हो गया है, खाना-पीना मिलता नहीं। बरसों इस दफ्तर से उस दफ्तर में चक्कर मारो, नौकरी की कोई पूछता नहीं। अभी तो और होगा, तुम देखते रहना।'' मैंने उसे गौर से देखा—कहीं यह व्यक्ति भी तो डाकुओं में से नहीं है। वे इसी तरह आदमियों को भेज देते हैं और सारी जानकारी इकट्ठी करते रहते है।। उसकी बात पर जो आदमी सबसे अधिक मुग्धभाव से सिर हिला रहा था वह बिना क्रीज, गंदी पतलून, बनियानहीन कमीज़ में अधेड़-सा दिखाई देता था। या तो वह खुद बेकार था, या उसका बेटा-भाई काफी दिनों से बेकार बैठा था, मैंने अनुमान लगाया।

अब भीड़ डाकुओं के किस्सों और उसके कारणों में भटक गई थी। उस

क्षण शायद सबका ध्यान पास पड़ी लाश और रोते हुए घरवालों की तरफ से हट गया था। लाल बिल्डिंग की आड़ में धूप से बचकर खड़े-खड़े मैं तय नहीं कर पाया था कि अब यहाँ खड़ा रहूँ या चल दूँ। बड़ी देर कोशिश करने पर भी याद नहीं आया कि मुझे जाना किधर है। अब यहाँ तो होना-जाना कुछ नहीं है। हालत बहुत बुरी होती जा रही है, आदमी का सुरक्षित चलना-फिरना मुहाल हो गया है। चलते-चलते मैंने उससे कहा, ''लेकिन इस तरह आदमी को जान से मार डालने से उन्हें क्या मिला? रुपया तो मिला नहीं, उलटे एक आदमी जान से हाथ धो बैठा।''

''अब आगे कोई पुलिस में खबर देने या माँगा हुआ रुपया न देने से पहले कई बार सोचेगा तो सही।'' उसने तड़ाक-से जवाब दिया। हाँ, यह बात भी काफी वज़नदार है, मैंने सोचा और जगह छोड़ने से पहले मन में प्रलोभन आया, एक बार उस लाश को भी देखता चलूँ, हालाँकि जानता था—वहाँ ऐसा नया कुछ भी नहीं है। दो आदमियों के बीच में से जगह बनाकर भीड़ में घुसा तो फिर वही घेरा था...वही लाल-पत्थरों के फर्श पर पड़ी पतली-सी लाश थी और चार-पाँच रोनेवाली औरतों की आवाज़ें थीं, आँखों पर कुहनियाँ रखे रोते पुरुष थे और राख की तरह बैठा 'बाप' था...सामने पड़े उस व्यक्ति को अपने से तोड़ लेने की कोशिश में ये लोग कैसी भीषण शारीरिक मानसिक यातनाओं से गुज़र रहे थे—मैंने दार्शनिक ढंग से सोचा—मान लीजिए किसी जादू से यह उठकर बैठ जाए तो शायद फिर से अपने-आपको इसको साथ जोड़ने में भी शायद इन्हें इतनी ही तकलीफ होगी...

और मैं भीड़ से निकलकर लौटने को ही था कि एक और घटना हो गई और सारी भीड़ बड़े ही विचित्र भाव से आन्दोलित हो उठी...स्प्रिंगवाला स्विंग दरवाज़ा खोलकर नीचा सफेद कोट पहने पहलेवाले डॉक्टरनुमा आदमी ने निकलकर बिना किसी को सम्बोधित किए पूछा, ''तुम्हारे बेटे का नाम हरिकिशन था न...?''

हरिकिशन हो या चरनराम, अब क्या फर्क पड़ता है? मैंने सोचा ही था कि किसी ने कराहते-से ढंग से कहा, ''हाँ बाबूजी, हरिकिशन ही था...'' कहनेवाला बाप नहीं था। शायद यह लोग अपनी कोई खाना-पूरी करने को पूछ रहे हैं।

''उसके ऊपर वाले होंठ पर चोट का निशान था?'' डॉक्टर ने फिर निराकार सवाल किया।

''हाँ जी, हाँ जी!'' ज़रा देर को सहसा औरतों और आदमियों का रोना

रुक गया, इस उम्मीद में कि शायद डॉक्टर कोई ऐसा समाचार देगा कि सारा दुख बदल जाएगा...

''देखो, यह लाश गलती से आ गई है। नम्बर गड़बड़ हो गया था। तुम्हारे बेटे की लाश दूसरी है। यह तो भट्टी में जलने का केस था...'' डॉक्टर ने निहायत ही मशीनी ढंग से कहा और दरवाज़ा छोड़कर भीतर हटा ही था कि नीले गंदे-से नेकर-कमीज़ पहने दो आदमी आगे-पीछे एक नई स्ट्रेचर उठा लाए...

जैसे किसी नाटक का दृश्य हो, सधे हाथों से उन्होंने स्ट्रेचर ज़मीन पर रखी, एक ने सिर और दूसरे ने पाँव से उठाकर लाश को ज़मीन पर लिटाया तो दो-एक ने बड़ी तत्परता से बीच में हाथों का सहारा दिया...अब दो लाशें बराबर-बराबर लेटी थीं। फिर उन्होंने उसी रिहर्सल किए ढंग से पहली लाश को टाँगों और सिर की तरफ से उठाकर स्ट्रेचर पर रखा, पीछे की ओर घूमकर स्ट्रेचर के हत्थे पकड़कर घूमे, उठे और झटके से मोड़ लेकर अन्दर की ओर चल दिए ...शायद लाश भारी थी।

किसी ने नई लाश की सफेद चादर बहुत ही डरते-डरते ज़रा-सी उठाई... और रोना-धोना एकदम नए सिरे से शुरू हो गया...बाँहों में बँधी 'बहू' नये सिरे से छूटकर लाश पर जा गिरी और छाती पर सिर मार-मारकर रोने लगी। माँ ज़मीन पर पहले की तरह सिर फोड़ रही थी, बाल नोच रही थी! बाप ने नए सिरे से सिर पर हाथ मारा था और पहले से भी ज़्यादा ढेर होकर बैठ गया था...पृष्ठभूमि रुदन-संगीत उसी गति से चलने लगा था।

स्ट्रेचर ले जाते दोनों जमादारों ने जालीदार खुले दरवाज़े में जाकर गुटके हटा दिए थे और दरवाज़े भट्-भट् करके बन्द हो गए थे...निगाह फिर बीच की लाश पर लौट आई...औरतें बहू को हटा रही थीं और लोग चादर को पकड़े थे कि बहू को हटाने में खिंची न चली आए। टूटी चूड़ियों के ज़मीन पर बिखरे टुकड़ों को देखकर समझ पाना बड़ा मुश्किल था कि ये अभी-अभी टूटे हैं या पहली लाश पर टूटे थे...मेरी इच्छा हुई कि एक बार ज़रा-सी चादर हटे तो देखूँ कि क्या इस चेहरे पर भी दाँत उसी तरह लगते हैं? किसी ने कहा था, ''हमें तो पहले ही लगा था...''

दूर सड़क पर एक चिचियाती आवाज़ देर तक पीछा करती रही—''हाय मेरे बेटे...।'' लेकिन उसमें अब पहले जैसी 'उठान' नहीं थी।

किनारे से किनारे तक

नाव किनारे से काफी आगे बढ़ आई थी...।

नदी बाढ़ पर थी और मानिक के मन में कोई बार-बार दुहराए जा रहा था, 'रूबी को पानी में धक्का दे देने का यही मौका है...यही मौका है। फिर ऐसा अवसर नहीं आएगा...।'

मटमैले पानी के झपटते भँवरों में नाचता नारियल काली-काली गेंद की तरह लहरों के हाथों इस तरह लुढ़कता चला आ रहा था, जैसे मजबूर डूबते आदमी का सिर हो। कभी छिप जाता, कभी निकल आता। रूबी ध्यान से उसे देख रहा था। पूछा, ''वो क्या है चाचाजी?''

''कहाँ? अच्छा, नारियल, वो ऽऽ! वो तो बेटा, नारियल है। कई दिनों से बहकर आ रहा है, इसलिए गलकर काला हो गया है।'' कुछ चौंककर मानिक ने कहा और हाथ की मूँगफली छीलने लगा।

''पानी में कहाँ से आ गया, चाचाजी?'' फिर खुद ही सोचकर बोला, 'जहाज़वालों ने डाभ पीकर फेंक दिया होगा। देखिए...देखिए, वो डूब गया...एऽऽ वो निकल आया...! कैसे बहा जा रहा है, जैसे किसी ने किक मारा हो...''

मानिक नारियल को ही देखता रहा। 'किक तो मैं मारूँगा'...वह निःशब्द बोला। नारियल लहरों की चपेट में आ जाता तो मटमैली सतह उसे लील लेती। लेकिन लुढ़ककर खड़े हो जाने वाले खिलौने की तरह थोड़ी दूर जाकर वह फिर सिर निकाल लेता...। बस, ज़रा-सा धक्का दे देने की ज़रूरत है...रूबी का सिर भी दो-एक बार यों ही हुगली में डूबे-उतराएगा और जब तक लोग कुछ करें-करें, तब तक वो पता भी नहीं चलेगा। मानिक को सचमुच ही लहरों की खौलती सलवटों के बीच डूबता और दोनों हाथ उठाकर 'बचाओ...बचाओ!' चिल्लाता रूबी दीखने लगा। जब रूबी इस तरह डूब रहा होगा, तो उसे भी नाटक करना होगा।

दोनों हाथ उठाकर वह कूदने-कूदने को हो जाएगा... । नाव में बैठे चीखते-चिल्लाते लोग उसे रोकेंगे, 'हैं हैं, ऐसा मत करो, हुगली में अथाह पानी है।' फिर मनचाहा इनाम पाने के लालच में मल्लाह अपनी-अपनी लग्गियाँ फेंककर कूदेंगे। रोता-पीटता वह घर जाकर कैसे मंजु और कान्त को सूचना देगा? नहीं, पहले यहीं थाने में कहीं रिपोर्ट करनी...फिर वह पुलिस अफसर से ही कहकर कान्त को फोन कराएगा। जैसे ही उन लोगों के सामने पड़ेगा कि बेहोश होकर गिर पड़ेगा। अभिनय पक्का होना चाहिए। और मान लो, रूबी को मल्लाह निकाल लाए या आगे कहीं जाकर वह बच ही गया, तो? पानी में संयोग से बचा लिए जाने की हज़ारों घटनाएँ सुनी और पढ़ी हैं। फिर अगर रूबी ने कहीं बता दिया कि धक्का उसे मानिक ने ही दिया था, तो...? तो...? माथे पर पसीना नहीं आया था, लेकिन उसने रूमाल से कसकर माथा पोंछा और मूँगफलियाँ फोड़ने लगा।

अचानक उसे ध्यान आया कि रूबी उसकी बाँह हिला-हिलाकर पूछ रहा है, ''चाचाजी...चाचाजी, आप सुनते क्यों नहीं हैं? हुगली में बहुत बाढ़ आएगी, तो दक्षिणेश्वर का मन्दिर भी डूब जाएगा न...?

'एं...ऽऽ?'' मानिक ने हड़बड़ाकर इधर-उधर देखा। आसपास वालों ने उसके मन की बात ताड़ तो नहीं ली कहीं। लेकिन सभी लोग अपने-अपने में व्यस्त थे—कुछ बच्चों को इधर-उधर की चीज़ों के बारे में बता रहे थे और कुछ चुपचाप बैठे थे। नाव के किनारेवाली भगतिन हाथ झुका झुकाकर उस गंदले पानी से ही मुँह-हाथ धो रही थी। डोंगी की छत पर बैठे सैलानी लड़के प्रचलित सिनेमा का गाना गाते, चुरमुर भाजा रोंथते हुए, बीच में बैठी मुग्ध भाव से सारी दुनिया को निहारती लड़की को प्रभावित करने की कोशिश कर रहे थे। लड़की बार-बार अपने बालों पर इस तरह हाथ फेरती थी, जैसे उसके बाल हवा में उड़े जा रहे हों। मानिक ने बुश्शर्ट के कॉलर को ज़रा-सा उठाकर हिलाया—कितनी उमस है इस कलकत्ता में? जैसे सारे शरीर पर किसी ने तेल मल दिया हो; असल में नाव में भीड़ भी तो बहुत है। कुछ लोगों ने कहा भी था कि बाढ़ के दिनों में नाव इतनी नहीं भरनी चाहिए। अभी-अभी पटना में एक नाव के सारे लोग डूब गए हैं। लेकिन मल्लाहों को जब तक पूरे पैसों की सवारी नहीं मिली, वे नहीं हिले। उन्हें क्या चिन्ता कि अँधेरा हो जाएगा, तो लोग बैलूर-मठ देख पाएँगे या नहीं। दक्षिणेश्वर के घाट और मन्दिरों के खस्ता कलशों के पीछे छूटते ही सामने आर-पार फैला बाली पुल आ गया था।

ज़िद करके रूबी नाव में किनारे की तरफ बैठा था और हाथ की टहनी को झुकाकर लहरों में डुबाए था। दूसरे हाथ से ले-लेकर दाँतों से मूँगफली तोड़ता जाता था। लहरों की गति और नाव की चाल से टहनी काँपती-थरथराती झुक जाती, तो रूबी के तन-मन में आनन्द की फुरहरी दौड़ जाती। उसका बार-बार मन होता कि टहनी की जगह अपना हाथ लटका दे, तो पाँच फैली अँगुलियों के बीच से गुज़रता पानी कैसा मज़ा दे! लेकिन मानिक ही उसे रोके हुए था, ''किसी कछुए-मगर ने पकड़ लिया तो सीधे पानी में खींच ले जाएगा।'' और तब कोई कहीं की इस प्रकार की घटना सुनाने लगा। वह एक हाथ से रूबी की बाँह पकड़े बैठा था। जैसे ही नाव धार में आई, पानी की ओर झुके रूबी को अपनी ओर खींचे रखते हुए पहली बार यह भयानक विचार उसके मन में कौंधा—बस बाँह को ज़रा-सा झटका देकर छोड़ देने की ज़रूरत है और फिर तो धीरे-धीरे उसके अनचाहे ही विचार ऐसा बलवान होता चला गया कि उसे सचमुच डर लगने लगा कि कहीं झटके से वह रूबी को धकेल ही न दे। जाने कैसे उसे यह विश्वास हो गया कि जैसे ही नाव सामने वाले चौड़े, भारी रेल के पुल के नीचे से गुज़रेगी, यह भूत उस पर हावी हो जाएगा और तब कहीं...! नहीं, नहीं, वह पुल आने से पहले ही सिगरेट जला लेगा और अपना ध्यान इधर-उधर देखने में लगा रखेगा; पीछे देखने लगेगा। उसने अन्दाज़ा लगाया कि अगर अभी सिगरेट जला ली जाए, तो पुल गुज़र जाने तक ज़रूर चलेगी। जैसे ही सिर उठाकर उसने पुल की लम्बाई देखी, हुगली की चौड़ाई की ओर नये सिरे से ध्यान चला गया और उन्मत्त पानी के गंदले विस्तार को देखकर भय से मानों दिल धसका। मन में सोचा कि लहरों की तरफ लगातार देखने से कहीं चक्कर तो नहीं आने लगे हैं? सारे लोगों के साथ-साथ अचानक निगाहें पुल की तरफ उठ गईं। एक अजब ढंग की गड़गड़ाहट चारों ओर गूँजने लगी थी। ध्यान आया कि रूबी ने मन्दिर के डूब जाने जैसी कोई बात पूछी थी।

''आहा जी, मज़ा आ गया...चाचा जी, रेल आ रही है!'' सब कुछ भूलकर रूबी उल्लास और उमंग से गरदन उचका-उचकाकर पुल के सिरे पर रेल खोजने लगा। बड़े बच्चे शायद सभी उत्सुक थे कि जब नाव पुल के नीचे से गुज़रे, तो ऊपर से रेल जाए। पुल को देखते ही इस संयोग की बात उसके मन में आई थी। रूबी बता रहा था, ''हमको रेल, हवाई जहाज़, स्टीमर सब कुछ देखना अच्छा लगता है।...अच्छा, चाचाजी अनूप ने स्टीमर देखा है?''

''हाँ ऽऽ।'' मानिक को नहीं पता कि उसने किस बात का जवाब दिया।

''झूठ! पापा कहते हैं, लखनऊ में स्टीमर ही नहीं चलते। वहाँ तो ट्राम भी नहीं है...एरोड्राम भी नहीं है।'' प्रकट अविश्वास से रूबी बोला, ''हमारे जग्गी अंकल हैं न, वो हमारे लिए जापान से ऐरोप्लेन लाएँगे। आपको पता है कि जर्मनी और जापान के लोग मशीनें बनाने में बड़े तेज़ होते हैं?'' इतने में सिरे पर रेल का इंजन दीखने लगा और रूबी ने अपनी बात अधूरी छोड़ दी।

मानिक के मन में पहली बात आई—कलकत्ता-बम्बई में रहने वाले बच्चों की जनरल नॉलिज अपने-आप इतनी बढ़ जाती है कि अपने यहाँ का एम.ए., बी.ए. जो बातें नहीं जानता, वह यहाँ का दस साल का बच्चा जानता है। मानिक का अनूप रूबी से एक क्लास आगे है, लेकिन कहाँ लखनऊ और कहाँ कलकत्ता! अनजाने ही उसकी निगाहें रेल देखने में डूबे रूबी के चेहरे पर झुक गईं—हू-ब-हू वही अन्दाज़ है, वैसा ही मुग्ध विस्मय का भाव है...रूबी की हर चीज़ अनूप से मिलती है। और वह देर तक अजनबी-सा रूबी को देखता रहा...। बस, एक उत्तेजनाहीन गुस्सा जहर की तरह उसकी नस-नस में पिघलता रहा और रेल की बढ़ती हुई घड़घड़ाहट के साथ यही बात उसके दिमाग में हथौड़े की तरह बजती रही...यही मौका है...यह मौका है! सभी लोग इस समय पुल पर जाती रेल को देख रहे हैं। किसी को पता भी नहीं चलेगा कि मानिक ने धक्का दिया था। बात हो जाएगी कि बच्चा रेल देखने में ऐसा डूब गया कि जाने कब पकड़ छूट गई...यही मौका है...यही मौका है! जल्दी-जल्दी!

धड़-धड़-धड़-ड़-ड़-ड़! रेल सारे पुल को हिलाती और वातावरण को गुँजाती चली जा रही थी और मानिक का दिल ज़ोर-ज़ोर से धड़क रहा था। उसे अपने भीतर एक-दूसरे को काटती निरन्तर ऊँची होती दो आवाज़ें साथ सुनाई दे रही थीं—कहीं मैं इस बेचारे को धक्का न दे दूँ। धक्का दे देने का मौका है। अगर सचमुच गिरा दिया, तो क्या जवाब दूँगा मंजु और कान्त को? इसलिए घुमाने ले गया था? अजब हालत थी—जैसे सुनसान गुम्बद में सैकड़ों आवाज़ें, प्रतिध्वनियाँ, अधूरी तस्वीरें एक-दूसरे में गड़मड़ हो गई थीं...।

''और यहाँ देखने लायक क्या-क्या चीज़ें हैं?'' उसने तीसरे दिन कान्त से पूछा था। कान्त दफ्तर जाने के लिए जल्दी-जल्दी टाई बाँध रहा था। मंजु ने मेज़ पर खाना लगा दिया था और अनुरोध कर रही थी, ''आप भी इनके साथ ही खाइए न?''

''नहीं ?...नहीं, चाचाजी, हमारे साथ खाइए। नहीं तो लड़ाई हो जाएगी।''
गुसलखाने के भीतर से ही रूबी चिल्लाया।

''अच्छा बेटा, नहीं खा रहे। तुम जल्दी से नहा लो।'' गद्गद भाव से मानिक
बोला, ''आपका रूबी एकदम अपने अनूप जैसा है। वैसे ही बोलता है, वैसे ही
ज़िद करता है, वैसे ही...।'' अचानक कान्त के चेहरे पर निगाह पड़ी, तो जाने
क्यों मानिक चुप हो गया। एक बार फिर चुपचाप मंजु और कान्त की ओर देखा।
ख्याल आया, कान्त शीशे के सामने खड़ा है—उसे यों देखते हुए जान सकता
है। उसकी समझ में न आया कि किधर देखे।

''आपसे तो दो ही दिन में ऐसा हिल गया है, जैसे बरसों साथ रहा हो।''
मंजु कटोरियों में सब्जी लगा-लगाकर प्लेट के चारों ओर देखने लगी। ''रात को
पूछ रहा था कि ममी, अनूप भाई साहब से कब मिलेंगे? उन्हें यहीं बुला लो न।''
मंजु वात्सल्य से हँसी। अपनी प्रमिला, मंजु से ज़्यादा सुन्दर है, उसने सोचा।

कुरसी खिसकाकर जल्दी से खाने पर बैठते हुए कान्त बोला, ''माफ कीजिए
मानिक भाई। क्या बताऊँ, दफ्तर में ऐसा काम आ पड़ा है...आप भी सोचेंगे
कि दो दिन को आए और मैं घुमा भी नहीं सका...मंजु तुम चली जाना इनके
साथ।''

''अरे नहीं...नहीं।'' मानिक उदासी से ऊपर आकर बोला, ''इतने सब
तकल्लुफ की क्या बात है। मैं खुद ही सब कुछ देख-दाख लूँगा। कोई बच्चा
हूँ...?'' कान्त की कनपटियों पर सफेद बाल देखकर जाने क्यों उसे विचित्र किस्म
का संतोष हुआ।

तभी उल्टा-सीधा तौलिया लपेटे रूबी पास आ खड़ा हुआ। ''पापा आप
फिकर मत कीजिए...हम चाचाजी को सब कुछ दिखा देंगे। हमने उनसे कह दिया।
आज हमारी छुट्टी है।''

''हाँ, हाँ, यह दिखा देगा न।'' कान्त ने निश्चित होकर कहा, ''बेटे, चाचाजी
को सब दिखा देना, नहीं तो जाकर ये अनूप से शिकायत कर देंगे! जाओ, पहले
कपड़े बदल लो, फिर चाचाजी के साथ खाना खा लेना।''

''हम चाचाजी को सब दिखा देंगे—ज़ू, विक्टोरिया म्यूज़ियम। और हम पहले
बोले देते हैं, दक्षिणेश्वर से बैलूर हम नाव में जाएँगे।''

कैसा बातचीत का, व्यवहार का सलीका है! कैसा आत्मविश्वास है! अपने
अनूप होते, तो या तो खड़े-खड़े झेंपते या कोई बदतमीज़ी कर डालते—मानिक

ने सोचा। वह एक क्षण को भूल गया कि यह लखनऊ नहीं, कलकत्ता है और सामने अनूप नहीं, रूबी है। वही नाक-नक्श, कन्धों के वैसे ही पुट्ठे...। फिर दिल की गहराइयाँ चीरती हुई ठण्डी साँस निकल गई। उसे ज़ोर से अनूप की याद आने लगी।

इस भयानक खयाल का तो उस समय नामोनिशान भी नहीं था...। शायद दक्षिणेश्वर मन्दिर के घाट की सीढ़ियाँ उतरकर नाव में सवार होने तक यह बात उसने नहीं सोची थी...। वह तो बाढ़ पर आई हुगली में किसी के सिर जैसे नारियल को डूबते उतरते देखकर ही यह भीषण विचार कौंध गया था...और नारियल रूबी के सिर में बदल गया था।...

रेल निकल गई थी और अब एक अजीब सन्नाटा-सा छा गया था। नाव दो चौड़े-चौड़े खम्भों के बीच से निकल रही थी...। ऊपर दैत्याकार पुल था और उसमें जगह-जगह छेदों और सुराखों से आसमान दीख रहा था। पुल के नीचे अँधेरा था। मानिक को लगा, जैसे नाव किसी अँधेरी, गहरी सुरंग से होकर गुज़र रही थी। प्रायः सभी लोग पुल के विराट आतंक के नीचे चुप थे। अगर इसे उठाए हुए ये खम्भे खिसक जाएँ तो? 'यहाँ अँधेरा है, यही समय है...फिर आगे तो खुला ही दीखता है। यहाँ पानी भी बहुत होगा।' मानिक के मन में शब्दहीन पुकार मची थी।...

नहीं, यह बात मटमैले पानी पर लुढ़कते नारियल को देखकर ही उसके दिमाग में नहीं आई थी; यह उसके मन में आज से नहीं, वर्षों से थी... दिन-रात थी। उसे युगों पहले पता था कि वह यों ही कलकत्ता घूमने जाएगा...रूबी को घुमाने ले जाएगा और तब एक 'दुर्घटना' हो जाएगी। उसने बात को जाना भले ही आज हो, लेकिन यह सारा संयोग आकस्मिक कतई नहीं है...उसके अन्तर्मन में इसकी तैयारियाँ और उत्कट प्रतीक्षा जाने कब से चल रही थी...कोई था उसके भीतर बैठा, जो निहायत ही धीरज से इस क्षण की ही तो राह देख रहा था।

"चाचाजी, आपकी तबीयत ठीक नहीं है क्या?" उसने सुना। रूबी उसकी ओर मुड़कर अनुरोध से पूछ रहा था। वह अभिभावक था न, उसे चाचाजी को सभी कुछ दिखाना ही नहीं था, उनके स्वास्थ्य की चिन्ता भी करनी थी।

मानिक गौर से अपलक उसे देखता रहा...जैसे रूबी नहीं, रूबी के पार देख रहा हो। रूबी के सवाल से फिर अपने-आप में लौट आया। पूछा, 'क्या-क्या हुआ?"

''आप हमारी बात ही नहीं सुन रहे...! हम पूछ रहे हैं, उस स्टीम बोट का नाम पढ़ सकते हैं?'' दूर हावड़ा की तरफ से चौड़ी चिमनी से धुआँ उगलती एक स्टीम बोट इसी तरफ तेज़ी से चली आ रही थी...। नाव अब पुल के नीचे से निकल आई थी। बोट पर लिखे अक्षर सफ़ेद-सफ़ेद बूँदों से लग रहे थे और पढ़े नहीं जाते थे। मानिक हार मानकर बोला, ''हमसे नहीं पढ़े जाते...।'' उसके मन में पछतावा हो रहा था कि ऐसा अच्छा अवसर यों ही निकल गया।

''अरे, इतना साफ तो लिखा है—भा-र-त!'' रूबी विजय से बोला।

''तुम्हारी आँखें नई हैं न।'' एक गहरी साँस।

लेकिन रूबी फिर बात आधी छोड़कर एक बड़ी-सी लहर को अपनी ओर आते देखता रहा। स्टीम बोट के चलने से लहरों का पूरा एक रेला नदी के पाट को घेरता चल रहा था, लेकिन बोट इतनी दूरी थी कि यहाँ आते-आते दूसरी लहरों जैसा ही रह गया था। फिर भी रूबी और दूसरे बच्चे बड़े व्याकुलता से उसके आने की राह देख रहे थे। लहर नीचे आई तो नाव ने झूले की तरह दो तीन बार हिचकोले खाए। रूबी आनन्द से हे-हे करने लगा।

मानिक मुग्ध भाव से उसे देखता रहा। देखो, कैसी निश्छलता से हर चीज़ पर खुश हो रहा है। इस बेचारे को शायद पता भी नहीं है कि उसकी बाँह पकड़े बैठा यह आदमी मन में क्या मनसूबे पका रहा है और किसी भी क्षण एक पागलपन उस पर आ सकता है कि हँसते-खेलते इस बच्चे को धक्का देकर पानी में धकेल दे।...लेकिन क्यों जी, सुनते हैं, बच्चों का सहज ज्ञान बड़ा तेज़ होता है—वे आदमी की अच्छी-बुरी इच्छाओं को तुरन्त भाँप जाते हैं। कहीं रूबी को भी तो ऐसा कुछ नहीं लग गया? तभी तो पूछ रहा था कि आपकी तबीयत तो खराब नहीं है। अब उसे याद आया कि रूबी ने उससे तबीयत की बात पूछी थी—क्यों? उसने फिर ध्यान से रूबी को, मानों पहली बार देखा और एक नया विचार उसके मन में आया—मान लो, इसे धक्का दे भी दूँ, तो इस गरीब को क्या पता चलेगा कि मैंने ऐसा क्यों किया? और जो दाह मानिक के मन में है, उसके लिए वह कहाँ ज़िम्मेदार है?

अकारण ही एक अजीब-सी करुणा उसके मन में उमड़ आई...। उसने प्यार से रूबी के कन्धे पर हाथ रखा और आँसू-भरी आँखों से किनारे के बंगलों और घाटों को देखता रहा—नवाबी ज़माने में भक्तों और सैलानियों ने बनवाए होंगे। मन ही मन बोला, ''तू ही बता, रूबी बेटे, मैं क्या करूँ? इन काई-लगी टूटी-फूटी

इमारतों में कभी ज़िन्दगी चहकती रहती होगी; इत्र, शराब और धूप की खुशबू उड़ती रही होगी; रात को जाने कब तक तबला और घुँघरू खनकते रहते होंगे...। लेकिन आज तो किसी को खयाल भी नहीं आता कि उन मरे हुए लोगों की छातियों में ईर्ष्या, प्रेम, क्रोध, दया की भावनाएँ आती-जाती थीं...। लोग शायद खुद मेरे बारे में भी नहीं जान पाएँगे, छः साल—लगातार छः साल मैं कैसी अजीब मद्धम आग में भुनता रहा हूँ...। कोई नहीं जानता मेरी व्यथा को, कोई नहीं जानता—प्रमिला, अनूप, अनुपमा कोई भी नहीं। शायद मैं भी तो खुद उसके वास्तविक स्वरूप को नहीं समझ पाता। बस, व्यथा है कि पुरानी चोट की तरह दुखने लगती है। किससे कहें उसे, किसी से कह भी तो नहीं सकता।

"अबे, ऐसा तैयार बैठा था? थोड़े दिन तो रुकता कम से कम। शादी के बाद दो-एक साल तो ये सारी झँझटें पालनी ही नहीं चाहिए।" अनूप के जन्म की खबर मिली, तो एक दोस्त ने कन्धे पर हाथ मारकर कहा।

"हाँ यार, मैं तो खुद भी नहीं चाहता था, लेकिन...।" वह झेंप गया। वह इसी तरह के आक्षेपों से डर भी रहा था। शादी के दसवें महीने ही बाप बनने की उसकी उतावली पर लोग मज़ाक नहीं बनाएँगे तो और क्या करेंगे!

उसे एक अनजान खुशी भी थी। बच्चे को पालना तवालत चाहे जितनी हो, लेकिन चलो, इस झँझट से भी छुट्टी मिल गई। अब जब वह पैंतालीस का होगा, तो बाईस-चौबीस साल का जवान लड़का सामने होगा। वह अनूप को गोद में लेता और न जाने किस आचश्र्य-लोक में खो जाता...यह कै-कै रोता और आँखें मिचमिचाता बच्चा ही एक दिन इतना बड़ा हो जाएगा कि और लड़कों की तरह हाथ छोड़कर साइकिल चलाया करेगा। जाने कितने लोगों ने बताया कि माथा हू-ब-हू मानिक से मिलता है और आँखें और नाक प्रमिला पर गई हैं...ठोड़ी की बनावट पर भी मानिक की झलक है। सोते हुए अनूप को देखकर वह घण्टों यही सोचा करता कि बच्चों में माँ-बाप का हुलिया आखिर उतर कैसे आता है? उसे अनाम-सी खुशी होती—पालने में सोते इस नन्हें बेवकूफ को क्या पता कि उसका 'स्रष्टा' पास खड़ा-खड़ा उसे यों विभोर होकर निहार रहा है? स्रष्टा, पिता...वह भी पिता हो सकता है, यह बात तो कभी भी नहीं सोची थी। खून के खिंचाव जैसी भी कोई चीज़ होती है, या सिर्फ साथ रहने का ही यह अहसास है...? ये इतने छोटे बच्चे आखिर सोचते क्या होंगे।

छ: महीने बाद प्रमिला को दो-तीन महीनों के लिए बनारस जाना पड़ा। बीमार थी और अस्थायी रूप से मानिक के लुधियाने जाने की बात हो रही थी। इन दिनों मानिक को दिल्ली की सारी चहल-पहल फीकी लगने लगी...। वह फाइल पर झुका होता और एक मुस्कराता चेहरा सामने आ जाता, या लिखने को तत्पर कागज़ पर झुकी कलम की निब, दो छोटे-छोटे नन्हें-नन्हें दाँतों की शक्ल में बदल जाती...। अब वह विज्ञापनों और अखबारों में छपे बच्चों के चित्रों को मुग्ध भाव से देखता और अपने ऊपर आश्चर्य करता कि ये प्यारे-प्यारे नन्हे-मुन्ने बच्चे पहले उसे इतने दिलचस्प क्यों नहीं लगते थे? किसी के मुँह से या किसी डाइजेस्ट इत्यादि में बच्चों की बीमारी की बात जानता, तो उससे अनूप का इलाज कराने की चिन्ता उसे पहले सवार हो जाती...। कोई दवाई-कम्पनी स्वस्थ और सुन्दर बच्चों के चित्रों पर इनाम घोषित करती, तो उसे लगता कि यह इनाम सिर्फ अनूप को मिलना चाहिए...। फिर दोस्तों के बीच यह कहकर सन्तोष कर लेता कि यह सच मिली-भगत है; अपने ही किसी मिलने वाले को ये लोग इनाम दे-दिला देंगे। बच्चों के किसी विशेषज्ञ की कोई राय पढ़ते हुए उसके सामने बस अनूप की छाया घूमती रहती। वह बाकायदा लम्बे-लम्बे नोट्स लेता और तीसरे दिन प्रमिला को पत्र में नई-नई हिदायतें भेजता। सिनेमा में बच्चों को देखकर उसे अनूप की याद आती। अक्सर सोचा करता कि हर साल जन्म-दिन पर उसकी फोटो खिंचवाकर एक अलबम बनाऊँगा और जब अनूप की शादी होगी, तो उसे उसकी बीवी को उपहार दूँगा...। साला अपनी नंगी तस्वीरें देखकर शर्म से लाल हो जाएगा। बस में, फुटपाथ पर या कहीं भी किसी बच्चे को देखता, तो सब कुछ भूलकर बस उसे ही देखता रहता 'अपने अनूप से मिलता है' या 'अपना अनूप बड़ा होकर ऐसा ही हो जाएगा।' पहले बच्चे देखकर बस में चढ़ती किसी महिला की मुसीबत पर शायद ही उसका ध्यान जाता हो, लेकिन अब सबसे पहले खुद ही सीट छोड़ता और उस बच्चे को देखकर वात्सल्य से मुस्करा देता। सोचता, बच्चे का हँसना चीज़ ही ऐसी है जो बरबस आपके मन से मुस्कराहट खींच लाती है...।

कभी-कभी अपने इस मानसिक परिवर्तन पर उसे खुद आश्चर्य होता। झेंपकर मन ही मन आशंकित होता : मैं तो बाकायदा बाप ही बन गया। जैसे सारे टिपिकल बाप करते है, वही हालत मेरी है। और अनूप को झुलाने, गुदगुदाने को कुलबुलाते हाथ लिए वह एक महीने बाद ही ससुराल जा पहुँचा।

अपने अनजाने ही छोटी साली उमा ने सबसे पहले उसके मन में एक चिनगारी

फेंक दी। घर के ज़नाने और मर्दाने भाग की कड़ी थी यही बारह साल की उमा। वह सारे दिन बैठक में रहता। दूसरे या तीसरे दिन वह हाथों में अनूप को लिए उछाल रहा था और उमा पास खड़ी उसके खिलखिलाने पर गद्गद हो रही थी। उसने यों ही पूछ लिया, "अच्छा, उमा, इसकी शक्ल मुझसे ज़्यादा मिलती है या प्रमिला से?" फिर अपना सवाल भूलकर अनूप के खिलखिलाने में खो गया। "सब कहते हैं कि मुझे मिलती है।"

"आपसे तो कहीं नहीं मिलती।" उमा की जाँचती आँखें उसने चेहरे पर महसूस कीं, "थोड़ी-बहुत प्रमिला जीजी से जरूर मिलती है।"

"हिश! चूहेखानी कहीं की! अनूप बेटे, इस बिल्ली मौसी से कुट्टी तो कर लो।"

"यहाँ तो सब यही कहते हैं कि आँखें, ठोड़ी और माथा एकदम कान्त भाई साहब पर गया है।" उमा ने जब देखा कि अविश्वास से वह उसकी ओर मुँह बिराकर अनूप को पालने की तरह झुलाने लगा है, तो गम्भीरता से बोली, "अरे लो, जीजाजी आप सच्ची ही नहीं मान रहे! इस पर तो हमारी और अम्मा की शर्त हो चुकी है...। आप खुद मिला लो, वो कान्त भाई साहब की फोटो लगी है।"

"देखें...देखें, अनूप बेटे, कौन-से कान्त भाईसाहब से यह तेरी चूहेखानी मौसी तुझे मिला रही है। कह दो, नई मौछी, हम-पापा मिलते हैं!" अनूप के साथ बोलता हुआ वह उमा के साथ एक ग्रुप फोटो के नीचे आ खड़ा हुआ। फुटबाल खिलाड़ियों के कपड़े पहने कुछ लड़के कुरसियों पर बैठे थे और कुछ पीछे खड़े थे। बीच में नीचे शील्ड रखी थी। उमा ने बताया कि विक्रम भैया के पास कान्त बैठा है। मानिक ने यों ही गौर से देखा और टाल दिया। अनूप को सम्बोधित करके बोला, "तेरी मौछी झूट्टी, तेरी मौछी झूट्टी!"

उमा बताए जा रही थी, "फुटबाल के बड़े ही अच्छे प्लेयर थे। विक्रम भैया के साथ ही तो पढ़ते थे। उनकी माँ, बहनें और भाभी खूब लड़ती थीं, लेकिन वे सुनते ही नहीं थे।"

"अरें, होंगे कोई! तेरी बकवासों का कोई ठिकाना है।" स्पष्ट ही मानिक की दिलचस्पी अनूप को हँसाने में ज़्यादा और कान्त भाई साहब में कम थी। उधर उमा को उनकी यह लापरवाही अपने ऊपर अविश्वास जैसी लग रही थी। बोली, "आपकी भी कैसी कूड़ा याददाश्त है, जीजा जी! जब आप लोग माँड़े के

नीचे बैठे थे, तो बिजली का फ्यूज उड़ गया था। उसे किसने ठीक किया था? वही तो घूम-घूमकर, फ्लैश बल्बों से आप लोगों की तस्वीरें ले रहे थे। कलकत्ता से प्रमिला जीजी की शादी के लिए ही तो आए थे।''

''अरे, आए होंगे! क्यों उनकी जान को रो रही है अब? इतनी देर हो गई, चाय-वाय नहीं पिलवाएगी कुछ? यह शर्त तो तू हार गई, अब देख अपनी जीजी से जाकर कह देना कि सिनेमा जाने के लिए तैयार हो जाए।'' मानिक ने मुँह बिराकर कहा।

उमा चाय की ट्रे लाई और साथ में फ्रेम की हुई एक फोटो भी कहीं से उतार लाई, ''लीजिए ये, पिछले ही महीने उनकी भी शादी हुई है। भाभी जी बरेली की हैं।''

अखबारों में विवाहों की जैसी तस्वीरें छपती हैं, यह तस्वीर भी कुछ-कुछ वैसी थी— मंजु और कान्त। साड़ी बाकायदा माथे पर ज़रा-सी थी और कान्त सूट-बूट में था। गम्भीर और कुछ खोया-सा।...उमा ने फिर बताया कि बारात जब आई थी, तो इस कान्त ने ही उसे बाँह पकड़कर घोड़े से उतारा था। तस्वीर उसने लौटा दी, लेकिन इस बार कहीं हल्की-सी उदासी जागी। कान्त का चेहरा तो स्पष्ट याद नहीं आया, बस, कुछ-कुछ खयाल समझ की पकड़ में आ-आकर छूटता रहा कि शायद इसे देखा तो है। जहाँ तक अनूप की शक्ल मिलने का सवाल है, सो बच्चों के फीचर्स इतने अधिक बनने की प्रक्रिया में होते हैं कि हर किसी से उनके मिलने का भ्रम हो सकता है। यह शायद अपने ही मन का प्रक्षेपण होता हो। फिर भी कहीं कोई सन्देह का आभास हुआ। पिछले महीने ही कान्त का विवाह हुआ है। और प्रमिला यहाँ एक महीने पहले ही आ गई थी।...

उस रात जब प्रमिला से बात की, वह सन्देह भी निकल गया। उसने बेझिझक बता दिया, ''यहाँ बहुत आते-जाते थे। असल में विक्रम भैया के बहुत दोस्त हैं। सो उन्हीं के नाते हमें भी मानते हैं। वो जो बनारसी, सुनहरे ज़री के सच्चे काम की हरी-हरी साड़ी है न, वो उन्होंने ही हमें दी है। अभी पिछले महीने खुद उनकी शादी हुई है। उमा का क्या है, वो तो बात-बात में शर्त बदती है। जानती है कि हार गई, तो कह दूँगी—मैं कमाती थोड़े ही हूँ, शर्त कहाँ से दूँ? और जीत गई, तो सिर पर सवार। अभी परसों इसी पर तुल गई कि कान्त भाई साहब की शक्ल आपसे मिलती है।

मानिक ने हँसकर टाल दिया, ''हाँ, उमा तो घर-भर में बेशऊरी और सिड़बिल्लेपन के लिए प्रसिद्ध ही है। जानें कितने बेवकूफी की बातें करती है...!''

लौटा, तो उसे जालन्धर जाना पड़ा और वहाँ उसे आठेक महीने लग गए। प्रमिला की बड़ी अनुरोध और अनुराग-भरी चिट्ठियाँ आतीं और वह नौकरी को जी भरकर कोसती, जिसके कारण शादी के बाद यों उन्हें अलग-अलग रहना पड़ रहा है। वह लगातार अनूप के बारे में खबर देती रहती। सास-ससुर ने बहुत ज़ोर देकर अनूप के मुण्डन पर बुलाया। पत्नी भी चाहती थी कि वह देख जाए। अनूप साल-भर का हो रहा था। ससुर की ज़िद के कारण मुण्डन वहीं रखा था। प्रमिला की इच्छा थी कि जल्दी से जल्दी बनारस से हट जाए, लाड़ के मारे नाना-नानी अनूप में ऐसी आदतें डाले दे रहे हैं जिनसे उसे सख्त नफरत है। वे उसे नंगा घूमने देते हैं और खाने-पीने का कोई ध्यान नहीं रखते। उसकी तोतली बोली में 'छाले, उल्लु ते पत्थे' सुनकर वे लोट-पोट हो जाते हैं। प्रमिला का आग्रह था कि उसकी इस समय की शिक्षा-दीक्षा अच्छे ढंग से हो। आखिर खुद उसकी इण्टर तक की पढ़ाई किस दिन काम आएगी।

इस बार जब मानिक ने अनूप को देखा तो सचमुच ठक्-से रह गया। वह स्वयं कान्त से मिलता है या नहीं यह तो नहीं पता; लेकिन अनूप के चेहरे में ज़रूर कुछ ऐसा था, जो कान्त की फोटो की याद दिला देता था। कुछ दिन तक वह शायद यह भी भूल गया कि अनूप उसकी गोद में है...कहीं सचमुच...? और बात उसके मन में कोई ठोस आकार ले, इसके पहले ही अनूप को उसने अपनी छाती से चिपका लिया, हालाँकि अनूप उसे भूल गया था और चीख-चीखकर रोने लगा था।

दो-तीन महीने बाद जब बदली स्थायी रूप से लखनऊ की हो गई, तो प्रमिला और अनूप दोनों ही वहीं आ गए...। लेकिन मानिक को अपने भीतर एक अजब जड़ता और विरक्ति का अहसास होने लगा था। हमेशा उसके मन में एक आशंका धड़कती रहती कि कहीं प्रमिला के सामान, कपड़ों या कागज़-किताबों में कान्त का कोई पत्र या ऐसी-वैसी चीज़ न मिल जाए। यों वह साइकल पर बैठाकर अनूप को बाज़ार ले जाता, सुबह देर तक उसके साथ गेंद खेलता और रात को छत पर लेटकर उसे दुनिया-भर की कहानियाँ सुनाता। उसकी हर उल्टी-सीधी ज़िद पूरी करता, लेकिन कोई चीज़ थी, जो उसे लगातार भीतर कुरेदती रहती थी। अकारण ही अक्सर एक अनजानी झुँझलाहट का ज्वार-सा उसके भीतर

उमड़ आता और इच्छा होती कि अनूप को उलटा लटका दे। उसकी किसी शैतानी या ज़िद पर वह उसे ऐसे ज़ोर से तमाचा मार देता कि गालों पर उँगलियों के निशान बन जाते और बाद में कई दिन उसका मन खराब रहता—वह उसे पुचकारता और मनाता।...चौके में खाना बनाती या चटाई पर मशीन चलाती प्रमिला को चुपचाप बिना जताए देखता रहता, देखता रहता और फिर खुद ही सिर झटककर जल्दी-जल्दी अपने गालों पर हजामत का साबुन लगाने लगता; नहीं...नहीं, छिः-छिः मेरे मन में भी जाने क्या-क्या बातें आती हैं!...

ऑफिस में काम करते-करते उसे जाने क्या होता कि वह उँगलियों पर हिसाब लगाने लगता...अनूप शादी के ठीक साढ़े नौ महीने बाद हुआ है, यह भी नहीं कि सात या आठ महीने का हो!...और फिर ऐसी बात सोचने के लिए खुद ही अपने मन को धिक्कारने लगा। लेकिन हमेशा मन में इस धिक्कार के बने रहने के बावजूद पत्नी से प्रथम मिलन का एक-एक ब्यौरा उसकी आँखों के आगे आता-जाता। बल्कि वह प्रयत्न कर-करके याद करता कि शायद उस दिन की कोई ऐसी बात ध्यान में आ जाए कि मन के संशय को कोई सहारा मिले—प्रमिला के व्यवहार में या सारी स्थिति में।...हो सकता है कि वह उस समय शादी के नशे में खोया रहा हो कि ऐसी बात निगाह से ही चुक गई हो...। अब सोचने से आ जाए और किसी नतीजे पर पहुँचने में सहायक हो...। उसके मित्रों और पुस्तकों ने 'अबोध' और 'कुँवारी' लड़की के जो लक्षण बताए थे, वे तो सब ज्यों के त्यों नहीं ही मिले, लेकिन कुछ ऐसा भी नहीं मिला, जो प्रमिला के 'अनुभवी' होने की बात सिद्ध करता हो।...उसके व्यवहार में भी बाद में ऐसा कुछ नहीं पाया कि लगे, उसे किसी की याद आती रहती हो...बल्कि अपने पहले मिलन पर मानिक को कहीं गहरा सन्तोष ही मिला कि प्रमिला एकदम 'अनाड़ी और बेवकूफ' है।...बाद में भी अच्छी मनःस्थिति में वह उसके अज्ञान पर उसे चिढ़ाता और उसकी झेंप का मज़ा लेता रहता था।...

आज भी कोई ऐसी बात ध्यान में नहीं आती, लेकिन मन ही मन वह अपनी बात काटता : इन लड़कियों का क्या ठीक है...! ऐक्टिंग तो इनके खून में मिली रहती है!...बाद में निरन्तर होती आत्मभर्त्सना के बावजूद उमा तथा अन्य बच्चों से खोद-खोदकर पता लगाया कि कान्त शादी में कब आया था, कितने दिनों रुका, प्रमिला से उसके मिलने के अवसर कौन-कौन से थे और जब एक हफ्ते बाद प्रमिला ससुराल से लौटकर बनारस गई थी, क्या कान्त तब तक वहीं था?

सच पूछा जाए तो उसे प्रमिला से कोई शिकायत नहीं थी। उल्टे इन सारे दिनों ट्रांसफरों के दौरान में उसकी कमी ही महसूस होती रहती थी। न खाने का ठिकाना, न चाय का। अब वह प्रमिला को घर में जिस तन्मयता से काम में डूबे देखता, जैसे रच-रचकर वह सब्ज़ी काटती, खिड़कियों की धूल झाड़ती, अनूप की तेल-मालिश करती, खुद का उसका जितना ख्याल रखती और जिस तरह उसके आगे-पीछे मंडराती, उससे लगता ही नहीं था कि उसका कभी किसी और के प्रति भी कोई खिंचाव रहा है...और यों घर में बीस लोग आते हैं। मान लो, कान्त इनके घर में बहुत आता-जाता रहा हो, मगर वहाँ बात इस हद तक तो आगे बढ़ ही नहीं सकती। छोटा-सा घर है। फिर प्रमिला की माँ भी सीधी नहीं है; खूब तेज़ निगाहें रखती रही होगी। सब मन का ही वहम है, और जहाँ वहम मन में जमा कि आदमी को पेड़ भी भूत दिखाई देता है। हो सकता है, इसी वहम के कारण उसे अनूप की आँखें, माथा, ठोड़ी सब कान्त से मिलते लगते हों, वस्तुतः मिलता कुछ भी न हो। उसने कहीं पढ़ा था कि जब बच्चा पेट में होता है, तो उस पर माँ के खाने-पीने, आचार-विचार का बहुत असर पड़ता है, यहाँ तक कि माँ अक्सर जिस व्यक्ति के बारे में सोचती है, या जो उसे बहुत याद आता है, बच्चे की हुलिया और आदतें भी वैसी ही हो जाती हैं। तभी तो हमारे यहाँ कहा गया है कि गर्भवती को महापुरुषों, अवतारों का ध्यान करना चाहिए। हो सकता है, शुरू में वह कान्त को बहुत पसन्द भी करती रही हो और अक्सर उसके बारे में सोचती भी रही हो। पढ़ी-लिखी लड़की को इतनी छूट तो देनी ही पड़ती है।

इस प्रकार के निष्कर्षों पर पहुँचने के बाद वह अप्रत्याशित रूप से अनूप और प्रमिला के प्रति बहुत उदार हो जाता। उन्हें ज़रूर कहीं न कहीं घुमाने ले जाता, कपड़े बनवाता, लेकिन महीने-दो-महीने बाद अचानक ही मन के किसी गड्ढे से धुआँ-सा उठता और सब कुछ बेस्वाद और फीका लगने लगता। प्रमिला की सीधी-सी बात पर झल्लाहट होती, चीज़ों को फेंकता, अनूप अगर रोता, तो उसकी धुनाई कर देता। घर लौटने को उसका मन ही न करता। और सब मिलकर एक वैराग्य भावना उसे छा लेती।...एक दिन अचानक पाता कि मन में प्रमिला और अनूप के लिए फिर वही प्यार उमड़ने लगा है। ...अजब हालत थी, जैसे उसे दौरे आते हों। इसके बावजूद अन्य बच्चों से अनूप की तुलना और उसके प्रति लाड़ उसे हमेशा अपने मन में महसूस होता था। गुब्बारे या लेमनचूस वाले के सामने से बिना अनूप के लिए खरीदे उससे हिला ही न जाता।

अनूप तीन साल का हुआ, तो उसकी छोटी बहन आ गई—नाम रखा अनुपमा। तब उसके दिमाग का फितूर एक साथ झटके से दूर हो गया। बात यह थी कि विवाह से पहले उसे कई बार एक और सन्देह आ दबोचता था और अब प्रायः उसकी समझ में ही न आता कि क्या करे। उसने एक डॉक्टर से भी सलाह ली। उसकी सारी बात सुनकर डॉक्टर ने फीस जेब में रखकर लापरवाही से कहा, 'कुछ नहीं, कुछ नहीं। तुम्हें वहम हो गया है। पढ़ना-लिखना बन्द करो और शादी कर लो...यू आर ए परफेक्ट मैन! इस तरह की आधी बीमारियाँ सिर्फ दिमागी होती हैं।' अनुपमा के आने तक यही सन्देह उसे कभी-कभी कुरेद जाता था...हो सकता है उसका भ्रम ही ठीक हो और बात डॉक्टर की समझ में न आई हो। अनुपमा जब पेट में आई, तो उसने खुद आत्मविश्वास से अपनी पीठ ठोकी, 'वाकई वह तो भ्रम ही निकला। आई एम ए परफैक्ट मैन! शेखचिल्लियों जैसी वह बात मेरे मन में आखिर जम कैसे गई?...और उसे लगा, जैसे अब जाकर नॉर्मल हुआ है। बस, उसे कभी-कभी एक तरह की बेचैनी ज़रूर महसूस होने लगती थी और कभी उसका बायाँ कन्धा उसके अनचाहे इस तरह फड़कने लगता कि वह उसे चकित होकर देखता रहता। अचानक उसका मन होता कि हाथ की फाइलों को झटके से उछाल-उछालकर फेंक दे, दवात को ज़ोर से ज़मीन पर दे मारे और सुराही की गर्दन पकड़कर मेज़ पर भड़ाका बुलाए। ऐसे समय वह रद्दी की टोकरी से कोई बेकार लिफाफा निकालकर हवा भरता और मुट्ठी में कसकर ऐसे ज़ोर से दूसरे हाथ का मुक्का मारता कि आस-पास के लोग चौंककर उछल पड़ते।

और इस सारी भीतरी उठा-पटक, कशमकश तथा बाहरी खींचतान के बावजूद न तो उसने कभी प्रमिला के प्रति इस प्रकार के अभद्र संकेत किए और न अनूप के प्रति अपने मन में प्यार की कमी पाई। गुस्सा, शक, दुःख, झुँझलाहट के साथ-साथ दिनोंदिन यह अनुभूति मन में जमती ही चली गई कि अनूप 'अपना' ही है—अपनी आत्मा और रक्त का अंश है। इस बात पर कभी-कभी वह खुद अपनी ही सराहना करता कि वह अच्छे संस्कारों वाला शिष्ट व्यक्ति है, वरना और कोई होता तो काटकर प्रमिला के दो टुकड़े कर देता और बच्चों का मुँह तक न देखता। यह तो वही था कि उन भीषण क्षणों को उसने धैर्यपूर्वक निकल जाने दिया। प्रमिला की हर हरकत पर कड़ी निगाह रखी, या उसकी तलाशी ली, उसके हर आने-जानेवाले पत्र को सेन्सर किया और उसे कतई बनारस नहीं जाने दिया—यह बिल्कुल दूसरी बात है। यह उसका हक था।

कभी-कभी जब वह उँगली पकड़े अनूप को कहीं ले जाता, साथ सुलाता, या उसकी गेलिसें बाँधता, तो उसके अधिकारपूर्वक किए गए आग्रहों को देखकर एक टीस जैसा विचार कौंधकर रह जाता—जिसकी वह उँगली पकड़े ले जा रहा है, जिसे साथ सुलाता है, या जिसकी टाँग गोद में रखकर जूते के फीते कस रहा है या जिसे साबुन से मल-मलकर नहला रहा है उसे क्या पता कि वह किसका लड़का है? उसका बाप कहाँ है, इस बात को शायद बाहरवाला कोई आदमी नहीं जानता...हो सकता है कान्त या प्रमिला को खुद पता न हो।...जब वह किसी बच्चे को किसी के कन्धे पर लदा हुआ जाते देखता, तो मन ही मन पूछता—इस गद्गद होकर चले जाते हुए बुद्धू को ही क्या गारण्टी है कि उसके कन्धे पर चढ़ा, बाल खींचता या आइसक्रीम खाता बच्चा खास उसी का बेटा है? या ये साहब खुद अपने बाप के ही बेटे हैं? फिर वह निहायत ही तटस्थ होकर सोचता—अच्छा मान लो, इस सामने वाले व्यक्ति का बाप एक्स नहीं वाई था, और एक्स ने ज़िन्दगी-भर इसे आपना बेटा मानकर पाला, तो इससे खुद इन्हें फर्क कहाँ पड़ गया? मेरे बाप कपूरचन्द न होकर हरिमोहन थे, लेकिन मैं तो जो हूँ, सो ही हूँ। मेरे लिए यह बात ज़िन्दगी और मौत का सवाल क्यों बने कि अगर कपूरचन्द्र ने मुझे अपना बेटा कहकर पाला है, तो कपूरचन्द को ही मेरा 'स्रष्टा' भी होना चाहिए? ...मेरे आने का निमित्त कपूरचन्द हो या हरिमोहन, मेरे लिए तो दोनों ही एक जैसे हैं। जो मेरे सामने है, मुझे तो उसी से मोह है। आदमी को यह ललक क्यों है कि सृजन के उस 'विशेष क्षण' में आनेवाले बच्चे का 'निमित्त' भी वही बने? अच्छा, मान भी लीजिए, मैं ज़िन्दगी-भर यही विश्वास करके बच्चे को पढ़ाता, पालता-पोसता कि इसके जन्म का 'निमित्त' भी मैं ही था और यह बात आखिर में जाकर खुलती कि मैं ज़िन्दगी-भर भ्रम में रहा, तो इससे सचमुच मेरी सारी ज़िन्दगी निरर्थक कैसे हो गई? मेरे जीवन में पितृत्व के वे सारे गद्गद् सवेग, और विभोर संवेदन, हर रास्ते चलते बच्चे को देखकर मन में आया हुआ वह तन्मय विस्मय का भाव और वह अपने अणु-अणु से निछावर हो जाने वाला प्रसन्न समर्पण—वह सब इसी एक 'ज्ञान' से अनजिया और झूठा कैसे हो जाएगा? मानिक को जाने कैसे यह विश्वास हो गया था (और अपने इस विश्वास से बड़ा सन्तोष होता था) कि ये इधर-उधर दीखने वाले कुछ ही बच्चे अपने 'असली बमों' के हैं, बाकी तो यों ही किन्हीं दूसरे के नामों से चल रहे हैं। और एक उत्तेजनाहीन गुस्से से इस समस्या का हल रखता कि अगर इनकी

माँओं को उलटा लटकाकर लगातार कोड़ों की धुनाई की जाए, तब शायद वे कबूलें कि कौन किसका बेटा है। दुनिया के भूत और वर्तमान इतिहास में जाने कितने लोग अपने बाप के बेटे होंगे, इस महत्त्वपूर्ण प्रश्न की ओर पहले उसका ध्यान क्यों नहीं गया था, ताज्जुब तो यह है!...

इस तरह बात को फैलाकर वह उड़ा ज़रूर देता, लेकिन एक तस्वीर इन सारे दिनों उसकी चेतना पर घाव की मक्खी की तरह मँडाती रही है जो घूम-घूमकर आँखों के सामने आ जाती हैं। वह बातें कर रहा होता, खाना खा रहा होता, सोने की कोशिश कर रहा होता, या कहीं जा रहा होता, तो समय-असमय जाने कहाँ से अँधेरे में वह तस्वीर उभरती चली आती है।...

वही मर्दाना कमरा है, जहाँ अक्सर उसे ससुराल में ठहराया जाता है। ...धुँधलके का समय है और घरवाले लोग जाने कहाँ गए हैं।...निवाड़ के चौड़े पलंग पर दो व्यक्ति लेटे हैं...लम्बाई में नहीं, चौड़ाई पार करते हुए, इस तरह कि दोनों की टाँगें सामने की ओर लटकी हैं।...कान्त की दी हुई बनारसी हरी साड़ी से घिरी प्रमिला की टाँगें। ज़री के चौड़े सुनहरे बॉर्डर के नीचे महावर लगे छोटे-छोटे गोरे पंजे झूल रहे हैं। रंगीन सुर्ख सैण्डिल नीचे पड़े हैं—शायद सरककर नीचे गिर पड़े हैं। उन पंजों के पास ही ग्रे पेण्ट के नीचे पॉलिश से चमकते दो काले डरबी जूते हैं। प्रमिला चित लेटी है और उस पर झुका हुआ है कान्त। प्रमिला रो रही है और कान्त बार-बार उसके बालों पर हाथ फेरता है; उसके होंठ और पलकें चूमता है। उसके चौड़े-चौड़े हाथों में प्रमिला के मेंहदी लगे हाथ हैं जिनकी अँगुलियों में अँगूठियाँ झलमला रही हैं। कलाइयों में हरी-लाल चूड़ियाँ हैं; साँप के मुँह वाले सोने के कड़े हैं; घड़ी है। प्रमिला ससुराल से लौटकर आई है—पराई हो गई है। शायद दोनों रो रहे हैं।...इस तरह कान्त जाने कब तक उसकी छाती पर सिर रखे लेटा रहता है। तभी अचानक उठने का प्रयत्न करते हुए वह कहती है, 'नहीं कान्त, नहीं...अब यह नहीं!...देखो, अब यह सब नहीं!' ...वह कहना चाहती है कि अब मेरी शादी हो गई है। लेकिन कान्त उसे उठने नहीं देता, होंठों पर होंठ रख देता है, 'प्रमिला, प्रमिला डार्लिंग! मुझे रोको नहीं ...अब फिर पता नहीं ज़िन्दगी में कभी मिलना होगा या नहीं...फिर कभी तुम्हें छू भी सकूँगा या नहीं।...बस, इस बार...।'

और चित्र इससे आगे नहीं चलता। जैसे रील टूट जाती है। लेकिन इतने ही चित्र को मानिक ने इतनी बार और इतने ब्योरे के साथ देखा है कि इसकी

सचाई में अब कोई सन्देह नहीं रह गया। उसे अब तो सचमुच यही विश्वास हो गया है कि वह खुद भी कहीं किसी जगह छिपा, किसी सूराख से सारा दृश्य देख-देखकर दाँत पीस रहा था...उसने एक-एक बात ध्यान से देखी-सुनी थी। उसे यह तक याद है कि कान्त की कमीज़ के रंग और डिज़ायन क्या थे, पतलून किस कपड़े की थी...यह जब प्रमिला बेमन से उसे बरज रही थी, तो किस तरह कान्त की साँस तेज़ धौंकनी की तरह चलने लगी थी और कैसे उसका एक हाथ प्रमिला की पीठ पर लटके ब्लाउज के फुंदने से खेलता उसे छाती से चिपकाए था।...हो सकता है, तस्वीर की एक-एक बात को उसकी कल्पना ने धीरे-धीरे करके उसके अवचेतन मन में गढ़ दिया हो...या किसी कहानी-उपन्यास के किसी प्रकार के अंश में उसने खुद कान्त और प्रमिला को फिट कर लिया हो मगर यह तस्वीर उसके न चाहने पर भी इतनी तरह से और इतनी बार कौंधती रही है कि उस पर अविश्वास होना बन्द हो गया लगता है। वह हिसाब लगाता है कि सुहागरात के बाद प्रमिला अपनी माँ के यहाँ आई थी, तब की यह 'घटना' है, यानी दो दिनों का अन्तर। यानी तब तो हिसाब ठीक ही बैठ गया।...ऐसी बातों में दस-पाँच दिनों का अन्तर तो खुदा भी नहीं बता सकता।...बस, अगर सच बात कोई बता सकता है, तो वह है प्रमिला...

अनुपमा के जन्म ने उसके मन के सारे जाले साफ कर दिए और यह तस्वीर और इसके साथ जुड़ी सारी शँकाएँ और चिन्ताएँ अवचेतन के कबाड़खाने में जाकर डाल दिए गए। अब तो हर क्षण उसे यही अफसोस और आश्चर्य होता रहता कि कैसे वह निराधार बात उसके मन में जम गई थी? शायद उसी की प्रतिक्रिया थी कि अब न तो वह दफ्तर से देर से लौटता, न कभी बेकार झल्लाता।...अब तो वह था, उसका अनूप था, उसकी अनुपमा थी और उसकी प्रमिला।...लेकिन अनूप सबसे ऊपर था।...सुबह वह उसको स्कूल छोड़ने जाता। बीच में प्रमिला उसे टिफिन देने जाती और साँझ को स्कूल की ड्रेस में जब वह थैला घुमाता आता और खाने के लिए जल्दी मचाता, तो सारा घर चहक उठता।... मानिक को एक सांत्वनामय खुशी थी कि दुनिया-भर की तस्वीर और शंकाओं के बावजूद यह चहक घर में गूँजती रही थी...गूँजती रही थी।

यह नहीं कि पहले की कोई बात ख्याल आती ही न हो...लेकिन न तो पहले जैसी उसमें हिंस्र कड़वाहट होती, न आत्मघाती दंश। खासकर जिस समय अनूप कुछ असाधारण काम करता या बहुत समझदारी की बात करता, तो कहीं

बहुत धुँधला-सा मन में जागता : साला बड़ा इंटेलिजेण्ट है वर्णसंकर है न, क्रासब्रीड! अपने-आपसे पूछता : अच्छा, इसे वर्णसंकर कहेंगे, या जारज? अरे हटाओ भी, जारज ही हो गया तो ऐसी क्या मुसीबत आ गई? इसे जानता कौन है बाहर?

''दफ्तर के काम से मुझे कलकत्ता जाना है।'' एक दिन बाहर मानिक ने बताया, ''जाना परसों की गाड़ी से ही होगा। तुम ज़रा मेरे कपड़ों के बटन-अटन देख देना।''...

प्रमिला खिल उठी, ''पहले से पता होता, तो हम भी चलते। क्या है, थोड़ा-बहुत खर्चा ही तो होता। बाकी तो ऑफिस से ही मिल जाता। कान्त भाई साहब जाने कब से आने को कह रहे हैं!...''

मानिक को अच्छा नहीं लगा। उसने तो हर खत को देखा है, कान्त भाई साहब ने आने को कब कह दिया? लेकिन इसके बाद प्रमिला ने बेहद आग्रह किया था कि कान्त भाई साहब के यहाँ ज़रूर आएं, बल्कि वहीं ठहरें, खास भाई की तरह रखेंगे। कान्त को देखने की इच्छा मानिक के मन में भी थी ही। वह तैयार हो गया। शायद उसी दिन प्रमिला ने एक खत लिखा और बाज़ार जाकर रूबी को देने के लिए नेकर और कमीज़ों का कपड़ा भी ले आई। सारे समय मानिक को समझाती रही कि कैसे कान्त और मंजु को यहाँ आने का निमन्त्रण देना है।

स्टेशन पर लेने खुद कान्त आया था। जो आशंका रास्ते-भर उस पर मँडराती रही थी, मानो उससे बचने के लिए वह भगवान से प्रार्थना करता रहा कि कान्त न आए...लेकिन जब उसने सिगरेट पीते कान्त को प्लेटफार्म पर देखते ही पहचान लिया तो गाड़ी रुकने से पहले ही सवाल मन में उठा, क्या सचमुच कहीं इतना कुछ परिचित है? फिर खुद ही तर्क दिया, तस्वीर तो देखी ही थी। गाड़ी से उतरकर गेट की तरफ आते हुए उसने गौर से देखा, तो कान्त खुद ही बोला, ''आपने मुझे पहचाना खूब...! पहले से अब तो बदन भी भारी हो गया है और तब तो यह चश्मा भी नहीं लगाता था।'' कान्त खुद ही हँस पड़ा।

''प्रमिला के घर बनारस में तस्वीर तो देखी ही थी। फिर शादी पर भी मिले थे। घर पर भी उसका ज़िक्र होता ही रहता है।...'' लेकिन उसका स्वर टूट गया। कान्त को देखकर सचमुच धक्‌ ही रह गया।...इतने सीधे-सादे सत्य को कैसे वह झूठे तर्कों से टालता रहा और कैसे अपने-आपको समझाता रहा?...

ऊपर से सारी औपचारिक बातें होती रहीं। वे एक-दूसरे से मिलने पर खुशी ज़ाहिर करते रहे : शादी की बातें याद करते रहे। कान्त अनूप और प्रमिला के बारे में पूछता रहा। अपनी व्यस्तता और असमर्थता की शिकायत करता रहा कि ''आपके बारे में भी हम लोग रोज़ ही बातें करते थे...। आपने तो लखनऊ-बनारस आना ही छोड़ दिया।'' लेकिन मन-ही-मन अपने-आपसे वार्तालाप चलता रहा... और जब उसने रूबी को देखा, तो सचमुच ही आसमान से गिरा—एकदम जैसे सामने अनूप खड़ा हो!...वही आँखें, वही माथा, वही ठोड़ी और ठीक उसी तरह हँसने का ढंग।...इसी हँसी की याद करके वह रास्ते चलते मुस्कराया करता था? उसने अपने-आपसे पूछा—इसी तरह की आँखों की चमक देखकर उसे अपने जीवन की सार्थकता का भ्रम होता था?

नहीं...नहीं, वह कभी भ्रम में नहीं रहा।...उसके मन में सुलगती भट्ठी एक दिन को ठण्डी नहीं हुई। प्रमिला के झूठे प्यार और दिखावे ने उसे एक पल नहीं भरमाया और उमा का गाड़ा हुआ काँटा एक निमिष को टीसना बन्द नहीं हुआ। मक्कार, हरामज़ादी!...ये शब्द पता नहीं किसके लिए दाँत पीसकर कहे। सिर्फ एक या दूसरे तर्क और बहानों का सहारा खोज-खोजकर वह अपने को भुलाने की ही कोशिश करता रहा है। कभी यह भुलाने का काम शराब करती थी, और कभी भगवान का कीर्तन या दफ्तर में देर-देर तक बैठना। बस खींचतान यही रही है कि उस ओर ध्यान न जाए। गलतफहमी उसे कतई नहीं है।...

अकारण ही उसे याद आया कि प्रमिला ने किस प्रकार ज़िद करके उसे नाना-नानी के यहाँ से हटा दिया था—''अनूप में खराब आदतें पड़ती हैं।'' यार का लड़का था न, तभी इतना ख्याल था कि अपने माँ-बाप भी दुश्मन लगे!... होता कहीं मानिक का तो पड़ा रहता कहीं।...

मानिक को होश नहीं रहा कि नाव कब नदी पार करके दूसरे किनारे आ गई और बैलूर की ओर के घाट छूती हुई बढ़ती रही। रूबी की बाँह पकड़े वह जाने कहाँ खोया अपने-आपसे पूछता रहा, 'छः साल! पूरे छः साल रात और दिन, सुबह और शाम मैं मानसिक यातना के अँधेरे कुएँ में घुटने की सज़ा भुगतता रहा...किसलिए? आखिर मेरा अपराध क्या था? और जब बिना अपराध किए भी सज़ा मैं भुगत सकता हूँ, तो दूसरा भी क्यों न भुगते? अब अगर मेरे मन में बदले की, प्रतिहिंसा और प्रतिशोध की बात आती है, तो इसमें बुरा और अस्वाभाविक ऐसा आखिर क्या है? जिन्होंने या जिसने अपराध किया है, वे भी

क्यों न जाने कि दण्ड भी मिलता है?...रूबी तो इस प्रतिशोध का एक साधन मात्र है।'

"बाबू, पैसे!" मल्लाहों ने बैलूर घाट से कुछ दूर पर ही नाव रोक कर सारी नाव में घूम-घूमकर किराया वसूल करना शुरू कर दिया था और केवल घुटनों से ऊँची धोती बाँधे एक पक्के रंग का नौजवान मानिक के कंधे पर हाथ रखकर पैसे माँग रहा था।

"चाचाजी...चाचाजी!" शायद रूबी ने भी दो-एक बार पुकारा था और तब वह हकबकाकर होश में आ गया था। जेब से पर्स निकालते हुए उसने देखा कि बैलूर के घाटों के ऊपर मन्दिर खड़ा था। "वो सीढ़ियाँ हैं न, बस अभी वहाँ नाव पहुँचेगी और हम एकदम उछलकर घाट पर चले जाएँगे।...पिछली बार आए थे तो हम लोगों ने रबर के रिंग का खेल खेला था।" रूबी बता रहा था।

साँझ के सूरज की पीली-पीली किरणें पानी और घास पर, पेड़ों और इमारतों की आड़ लेकर आड़े-तिरछे त्रिकोण बना रही थीं। गेरुआ साफा, कुरता और तहमद पहने दो संन्यासी ऊँचे किनारे पर चलहकदमी कर रहे थे। किनारा बहुत ही पास था और पैसों की वसूली के बाद जब नाव फिर से चली, तो मानिक के मन में आया—मान लो, वह भी संन्यासी हो जाए तो?... प्रमिला और अनूप का क्या होगा?...यह नहीं कि ऐसा विचार पहले उसके मन में नहीं आया...लेकिन पहले तो कहीं न कहीं एक अनिश्चय भी था...शायद यह सब उसी का वहम हो।...अब तो अनिश्चय की कोई बात नहीं है। फिर वह क्यों न यहीं रहे, यहीं खाए!...

"उतरिए...उतरिए, चाचाजी!" नाव एकदम सीढ़ियों के किनारे आकर लग गई थी और लोग जल्दी-जल्दी उतर-उतरकर ऊपर भागे जा रहे थे। नीचे की सीढ़ी पर पानी के कारण काई और बेहद फिसलनी मिट्टी की कीचड़ थी, इसलिए वहाँ लोग अपनी धोतियों, पैण्टों को घुटनों तक उठाए थे और बहुत जमा-जमाकर पाँव रख रहे थे। फिर भी किसी न किसी का पाँव फिसलने ही लगता था। एक बच्चे ने जैसे ही नाव से बाहर पाँव रखा कि उसका जूता दूर तक फिसलता चला गया। साथ वाले व्यक्ति ने झपटकर उसकी बाँह पकड़ ली, तो जैसे-तैसे गिरते-गिरते बचा, एक तरह लटका-सा रह गया।...देखो, बेटे, तुम हमारा हाथ पकड़कर उतरो। लो, नहीं तो वैसे ही फिसल जाओगे!...छोटे बच्चों को क्रेप के जूते पहनना किसने बताया?" उसका स्वर अप्रत्याशित रूप से मुलायम हो गया तो वह स्वयं अपने स्वर पर चौंक उठा। साथ ही पहली बार उसके मन में आया कि वे दोनों ही

निरपराध हैं और यही एक बात दोनों को आपस में बहुत निकट ले आई है।...

नाव की कगार पर खड़े रूबी को एक हाथ से पकड़, अपने-आप उतरने में मदद करते हुए मानिक की निगाहें फिर उसके चेहरे की ओर उठ गईं। पीली धूप उसकी एक कनपटी पर तिरछी पड़ रही थी और देर तक उसकी समझ में ही न आया कि जिसे इतनी सावधानी से वह उतार रहा है, या जिसे उँगली पकड़े एक-एक कदम जमाकर सीढ़ियाँ चढ़ाता वह ऊपर लिए जा रहा है, वह अनूप है या रूबी, और स्वयं उन दोनों के चढ़ने से पहले, सीढ़ियों पर चढ़ती दो बहुत लम्बी-लम्बी छायाओं में छोटी वाली छाया के लिए उसके मन में उठती भावना प्यार है, या प्रतिहिंसा!...वही कद...वही उम्र...वही चेहरा...वही ढंग...वही दुलार और...और वही प्राणान्तक टीस!...

भय

‘‘क्यों बे बदरुद्दी, वो रहीम आज भी नहीं आया?’’ वही रूखी-कर्कश आवाज़।

‘‘बाबू, वो तो हल्दी-चूना लगा के पड़ा है।...’’ यह आवाज़ लड़के की थी।

‘‘हल्दी-चूना!...’’ बाबू सन्तोष से हँसा तो मुझे ऐसा लगा कि अगर यह आदमी अपनी हँसी उधार दे दे तो शायद सिनेमावाले राक्षसों की हँसी के लिए उसका उपयोग कर सकते हैं!...साला बहानेबाज़।...’’

जिस तरफ वाश-बेसिन लगा है, उसी तरफ वह गैराज है। यहाँ मोटरों और ट्रकों की मरम्मत होती है। दुनिया-भर का लोहा-लंगड़ भरा है। हमेशा दो-तीन ट्रक और एक छोटी-सी बरसों पुरानी कार पड़ी रहती है। बाकी मोटरों के हिस्से या मरम्मत करने वाली चीज़ें कुछ ऐसी बेतरतीबी से बिखरी रहती हैं कि लगता है कि यहाँ बेकार (स्क्रेप) लोहे का गोदाम हो।

असल में यह हमारे फ्लैट के मकान और बगलवाले मकान के बीच खाली पड़ा प्लाट है और जब तक यहाँ कुछ न बने, इसे शायद मरम्मत करने गैराज की तरह उठा दिया गया है। सामने एक सड़ा-गला—शायद कनस्तरों की टीन का फाटक है। उससे लगा ही एक छप्परनुमा टीन का ही निहायत नीचा शेड है—यह ‘ऑफिस’ है। यहाँ अक्सर ही टेलीफोन घनघनाया करता है और गैराजवाला चीख-चीखकर बोलता रहता है। आठ-दस आदमी काम करते हैं सो दुनिया-भर की ठोका-पीटी होती रहती है और ऐसा शोर रहता है कि कभी-कभी तो हम लोगों की कान पड़ी बात नहीं सुनाई देती। टीन या लोहा ठोकने की आवाज़ से सोते समय ऐसी झल्लाहट होती है, मन होता है कि सीधे पुलिस में रिपोर्ट कर दें। ऐसे गैराज घनी बस्तियों के बीच नहीं होने चाहिए। कभी किसी इंजन को स्टार्ट करके मिस्त्री दस-पन्द्रह मिनट उसे बन्द करना ही भूल जाता है—कभी सामने काले रंग का चौखटा लगाकर गैस के कइये से झालने की साँय-साँय,

नीली-नीली चिनगारियों के साथ लगातार गूँजती रहती है। लेकिन इस सारे शोर-शराबे के ऊपर बिना किसी व्यवधान के जो ज़ोर-ज़ोर से बोलती आवाज़ सुनाई देती है, वह गैराज के मालिक की है, ''बाबू साहेब, इस बोनट को उठाते हो या गर्दन तोड़ूं?''. ..''मुँह फाड़कर उधर खिड़की में क्या देख रहे हो? आकर घुमाऊँ मुँह में हैंडिल. ..तभी दिमाग का इंजन स्टार्ट होगा?''...''नाई, कोई खाने-वाने की छुट्टी नहीं मिलेगी।...''

और यह सब चिल्लाने-डाँटने तक ही सीमित नहीं है, इस बात का पता हमें इस फ्लैट में आने के दूसरे दिन ही लग गया। पीछे से बहुत ज़ोर-ज़ोर से रोने की अवाज़ आई तो हम लोग भागकर जंगले पर आए। देखा एक लम्बा-चौड़ा काला-सा आदमी हाथ में मोटी रस्सी लिए बारह-तेरह साल के लड़के को सड़ाक्-सड़ाक् मार रहा है, ''बाबू साहेब, चाय पीने जाओ, फिर जाओ। अभी क्यों आए?...आज हम तुम्हारा मोबिल-आइल बना देंगे।''

तेल और कालिख से चीकट जांघिया बनियान पहने लड़का उस व्यक्ति के पैरों के पास दुहरा होकर बैठा था और 'हाय-हाय, अब नहीं करूँगा बाबू... अब नहीं जाऊँगा', दुहराता हुआ बुरी तरह रो-रिरिया रहा था। दोनों पाँव रोपे खड़ा दुलंघी धोती और कमीज़ पहने गुस्से से चिल्लाता आदमी ही मालिक है, यह समझते देर नहीं लगी। उसके काले चेहरे पर लाल-लाल आँखें और बिखरे बाल—सारी मुद्रा, सभी ने उसे बहुत भयानक बना दिया था।

दर्द से लड़के का शरीर मिर्गी के रोगी की तरह ऐंठ उठा। एक बार उसे और उठने को कहकर वह रस्सी झुलाता हुआ पास पड़ी खाट से सिगरेट और दियासलाई उठाकर इत्मीनान से सिगरेट फूँकने लगा। पहले कश का धुआँ निकालते हुए बहुत स्वाभाविक स्वर में आज्ञा दी, ''अभी उठे या और पेच कसूँ?''

बड़े से तसले में मोटर का कोई पुर्जा रखे; उसे कीचड़ जैसे मिट्टी के तेल से धो-धोकर साफ करते किसी भी छोकरे की पीठ पर—उसकी सुस्ती दूर करने के लिहाज़ से—एकाध रस्सी फटका देना उसका स्वाभाविक अन्दाज़ था। जितनी भी बार पीछे से सड़ाक्-सड़ाक् के साथ 'हाय-हाय मर गया...' की कराहती-रोती आवाज़ आती मेरा हाथ रुक जाता और पत्नी से खाना नहीं खाया जाता। पूछतीं, ''जब इतनी बेदर्दी से मारता है तो ये लोग काम करने ही क्यों आते हैं?''

''आएं नहीं तो क्या करें? ये नहीं आएंगे तो और आ जाएंगे?'' मैं बताता।

''लेकिन कानून से भी, कोई मार थोड़े ही सकता है?''

"कौन देखता है कानून?" मैं गुस्से से भन्नाकर बोला, "कानून तो आठ घण्टे काम कराने का है...लेकिन यह तो रात को भी जाने कब तक लालटेनें जलवा-जलवाकर काम कराता रहता है..."

"इन्हें उसके बदले में ओवर-टाइम थोड़े ही देता होगा।..." पत्नी ने कहा, "सच, ऐसी बेरहमी से मारता है कि आज तो मुझे रोना-रोना आता रहा है। वो चीकट-सी बनियान पहने जो छोटा-सा लड़का है, उसी को मार रहा था। उसके मुँह से खून जाने लगा, सारे शरीर पर रस्सियाँ उपट आईं। कहीं इतना मारा जाता है। इन लड़कों के माँ-बाप नहीं है क्या?"

"पता नहीं..."

"फिर भी इतना तो नहीं मारना चाहिए। मैंने यहाँ खड़े-खड़े रोका तो क्या कहता है, ये लोग तो बहाने करते हैं। इनके लगता-लगाता नहीं है, लेकिन रोते बहुत ज़ोर-ज़ोर से हैं। मेरे मन में तो हुआ कि कह दूँ कि दो-चार रस्सियाँ खुद भी तो खाकर देख!...कोई पुलिस में रिपोर्ट नहीं करता?..."

मैंने कुछ नहीं कहा, सिर्फ मन में सोचा, पुलिस में आदमियों पर नही जानवरों पर अत्याचार करने की रिपोर्ट की जाती है। बन्दर-कुत्तों पर अत्याचार देख-देखकर रोने वाले अपना संघ बना लेते हैं। वह भद्र लोगों का धार्मिक फैशन है। आदमियों के लिए इस तरह कुछ करने को राजनीति कहा जाता है। खैर...

पुलिस में रिपोर्ट करने की बात मेरे मन में भी कई बार आई, लेकिन व्यर्थ के झँझट और पड़ोस से दुश्मनी मोल लेने के डर से चुप हो गया।

"बच्चों को इस तरह की कच्ची उम्र में मारने से उनके ऊपर बहुत खराब असर पड़ता है। अक्सर वे अपराधी बन जाते हैं।" पत्नी नारी के साथ-साथ बी. टी. भी हैं।

"और तुमने देखा होगा कि बच्चों को ही बहुत मारता है। ये जो मिस्त्रियों की मदद करने या सामान इधर-उधर उठाने-रखने के तीन-चार लड़के हैं, उन्हीं पर रस्से फटकारता है..." मैंने दुख से कहा।

"तभी तो बेचारे पिट लेते हैं। किसी बड़े पर हाथ उठाकर देखे न, पलटकर वहीं दो झापड़ देगा और दूसरे दिन से काम पर नहीं आएगा।" पत्नी ने पलटकर झापड़ देने की बात को दांत पीसकर कहा और उस सुख की कल्पना करके बोली, "किसे फाड़ूँ, किसे खाऊँ—करता हुआ राक्षसों जैसा घूमता है। भगवान करे, किसी दिन इंजन उतारते वक्त पाँव पर इंजन ही आ गिरे...तब पता लगे।"

“लेकिन वो तो हाथ ही नहीं लगाता...”

“तुम देख लेना, किसी दिन ऐसा होगा कि सारी नानी याद आ जाएगी। बेचारे मासूम बच्चों की हाय असर दिखाए बिना थोड़े ही रहेंगी...” पत्नी को कुछ याद आ गया हो इस तरह पूछा, “इसके अपने बाल-बच्चे नहीं हैं क्या?”

“क्या पता...? यह तो रात को यहाँ रहता नहीं है। रात को तो दरबान ही अकेला पड़ा-पड़ा सोता रहता है।” मैं बोला।

दिन बरसात के हैं, सो उसने बीच-बीच में बाँस खड़े करके बड़ा-सा किरमिजी तिरपाल लगा रखा है। रात में जब कभी वाश-बेसिन के पास जाता हूँ तो पीछे का सारा गैराज सड़क की धुँधली रोशनी में ऐसा लगता है मानो लड़ाई के मैदान में किसी सोते हुए फौजी दस्ते पर बम गिरे हों और सब टूट-फूट गया हो। स्टेज पर पहाड़ों का प्रभाव देने के लिए ताने गए कपड़े-सा एक ओर को झुका और बीच-बीच में बाँसों से उठाया हुआ तिरपाल, कहीं चमकता ट्रक का विंड-स्क्रीन, कहीं स्टीयरिंग का पहिया, कहीं मडगार्ड और फुटबोर्ड और टायर जड़े पहिये, खाट पर बीच में पड़ा खर्राटे लेता दरबान। कभी हल्की-सी चाँदनी में लगता जैसे चंगेज़ख़ां के ज़माने का कोई फौजी डेरा पड़ा हो और शराब में धुत् होकर सब लोग सोए पड़े हों—जागता हुआ मँडरा रहा हो बस एक खौफ...चंगेज़ख़ाँ की तलवारों का खौफ!...रात में लगता, जैसे वह रस्से का टुकड़ा लेकर हुँकारता हुआ घूम रहा हो और बच्चे डर के मारे इधर-उधर छिप गए हों।...

एक दिन जाना कि सबसे ज़्यादा जो लड़का पीटा जाता है उसका नाम है रहीम....

सुबह-सुबह मैं वाश-बेसिन पर खड़ा-खड़ा ब्रुश कर रहा था कि सड़ाक्-सड़ाक् के साथ हूँ-हूँ करते हुए लड़के की आवाज़ आई। लड़का मोटरों और ट्रकों के आसपास भाग रहा था और पीछे-पीछे गोफन की तरह रस्सा झुलाता हुआ मालिक! जैसे दोनों कोड़ा-जमालशाही खेल रहें हों। ‘भागो मत...भागो मत बाबू साहेब, चुपचाप ऊपर चढ़ जाओ, वरना आज ज़िंदे घर नहीं लौटोगे...” मालूम नहीं काहे पर चढ़ने को कह रहा है। हो सकता है कोई ऐसी खतरनाक चीज़ हो जहाँ खुद न चढ़ना चाहता हो और जान जाने के डर से लड़का भी न चढ़ रहा हो।

फिर देखा, हमारे फ्लैट की ओर जो ट्रक खड़ा था, लड़का उस पर चढ़ रहा है और नीचे खड़ा-खड़ा मालिक रस्सा फटकरता जाता है, “चढ़ो...चढ़ो ...जल्दी चढ़ो बाबू साहेब,” ड्राइवर के बैठने वाली जगह की छत पर जब लड़का आ बैठा

तो नीचे से मालिक बोला, ‘‘बस, अब ख़ूब आराम कर लो। कल इसी वक़्त उतार लिया जाएगा...खाना-पीना बन्द...हवा खाओ...’’

अब पता चला कि लड़के को सज़ा देने के लिए यहाँ चढ़ाया गया है। ट्रक की छत हमारे फ्लैट की ऊँचाई से पाँच-सात फीट ही नीचे रह जाती थी। लड़का बन्दर की तरह चढ़कर बैठ गया। उसके मैल और कालिख लगे चेहरे पर आँसुओं की धारियाँ बनी थीं।

सन्ध्या को देर से लौटा। मुँह-हाथ धोने गया तो देखा, लड़का रोते-रोते गिड़गिड़ा रहा था, ‘‘बाबू, अब उतार लो...अब नहीं करूँगा बातें...’’

‘‘नहीं बेटे, आराम कर लो ज़रा-सा!’’ रस्सा हिलाते हुए घूमना छोड़कर वह चिढ़ाने लगा।

तब क्या लड़का सुबह से ही बैठा है? बीच में तो पानी भी आया था। ‘‘यह तो अत्याचार की हद है।’’ चाय पीते समय मैंने पत्नी से कहा, ‘‘मैं आज ही मुहल्लेवालों से बात करूँगा।’’

‘‘हद तो है ही। कसाई है कसाई!’’ फुफकारकर पत्नी बोलीं। फिर बताने लगीं, ‘‘पहले तो यह लड़का चोट से रोता रहा, फिर लेटकर आसमान को ताकता रहा। और सचमुच इतना शैतान है कि क्या बताऊँ...मालिक खाना खाने उधर गया कि और लड़कों को दिखाकर ही ऊपर से खड़ा-खड़ा धार बाँधकर पेशाब करता रहा...अब फिर रो रहा है।’’ पत्नी ने सारे दिन की रिपोर्ट दी।

‘‘शैतान है तो क्या हुआ? बच्चा ही तो है बेचारा।’’ मैंने दया से कहा, ‘‘सुबह से यों ही भूखा बैठा है क्या?’’

‘‘उस राक्षस ने तो कुछ दिया नहीं है। मैंने ही कागज़ में लपेटकर डबलरोटी के स्लाइस फेंके थे...सो पहले तो खा ही नहीं रहा था...पूछा तो कहता था कि मालिक मारेगा। मैंने समझाया कि इतने ऊपर से मालिक को दिखाई नहीं दे सकता। सो छत से चिपककर बड़ी मुश्किल से खाए...फिर सारे दिन पानी के लिए खुशामद करता रहा।’’ उन्होंने अपनी दिनभर की जानकारी बताई, ‘‘नाम है रहीमबख़्श। दो बहनें हैं, बाप है। कहीं मजदूर है। मैं दोपहर में खड़ी-खड़ी बड़ी देर तक पूछती रही। कहता था रात को अम्मा राह देखेगी...’’

मेरा मन सचमुच खराब हो गया। सारे बच्चे उससे काँपते थे और जिधर वह निकल जाता था, सब इस तरह साँस रोक लेते थे जैसे भेड़ों में भेड़िया आ गया हो।

एक दिन सूखता हुआ कोई कपड़ा गैराज में जा गिरा तो मुझे नीचे जाना पड़ा। पता चला कि मालिक किसी की बिगड़ी गाड़ी देखने कहीं गया है। रहीम एक दाँतेदार पहिए की जंग छुड़ा रहा था। मैं हल्के परिहास से बोला, ''कहो रहीम, उस दिन तो ट्रक की छत पर बैठकर खूब आराम किया।''

उसके मैले-चपटे मुँह पर हँसी दौड़ गई। भीगा कपड़ा हाथ में लिए ही कुहनी से माथे के ऊपर खुजाकर उसने लापरवाही से सिर झटक दिया। दूसरे लड़के ने कहा, ''बाबूजी, यह बड़ा शैतान है। बहुत पिटता है...अपने से बड़े-बड़े लोगों को मालिक की तरह डाँटकर कहता है—ऐ, पिलास इधर लाओ!...''

''और उस दिन अगर रात-भर बैठा रहता तो...?'' मैंने पूछा।

''तो क्या...? वहीं आराम से सो जाता।'' इस बार वह हँसकर बोला।

''हूँ, बड़ा सो जाता! साले की डर के मारे तो नानी मरती है।'' दूसरे लड़के ने बताया।

मैं समझ तो गया लेकिन फिर भी पूछा, ''डर काहे का?''

अपने हाथ का काम छोड़कर लड़के ने रहीम की फटी, चीकट बनियान को गले पर से ज़रा-सा खींचकर बताया, ''देखिए न, गले में कितनी बड़ी ढोलकी बाँधे फिरता है पीरजी की। इसे भूत से बहुत डर लगता है।''

''भूत से?'' मैं थोड़ा अचकचाया। मालिक भी तो भूत जैसा ही दिखाई देता है।

मेरे अविश्वास को देखकर इस बार वह लड़का बोला, ''हाँ बाबूजी, यहाँ रात में भूत आता है। आप इस दरबान से पूछना...कभी घुँघरुओं की आवाज़ आती है कभी रोने की...''

''नहीं जी, यहाँ पहले पुकुर (पोखर) था। उसमें बहुत आदमी डूब गए थे।'' इस बार भय और उत्साह से रहीम ने बताना शुरू कर दिया था, ''और कल तो सफेद कपड़ों में एक भूतनी आकर दरबान को जगा रही थी। कहती थी, खाना बनाकर रख आई हूँ, चलकर खा लो। खा लेता बेटा, तो जाने कहाँ होता अब...''

''तूने खुद देखा है?'' मैंने गौर से उसके चेहरे को देखते हुए पूछा।

''हाँ देखा है। एक दिन रात को देर तक काम हुआ था। बाबू ने हमको रोक लिया, सो हम यहीं सो गए। जागे तो देखा, वो बड़ा वाला ट्रक स्टार्ट हो गया है। हमारी तो साँस रुक गई वहीं—क्योंकि उसका तो इंजन कल ही उतरवाकर

रखवाया था। सारा खुला पड़ा था। इंजन चलने की आवाज़ आती थी ट्रक में से। फिर देखते हैं कि ट्रक कभी आगे जाता है, कभी पीछे...हमने आँखें फाड़-फाड़के देखा...''

दोनों तेलभीगी उँगलियों से गालों की खाल नीचे खींचकर आँखें फाड़ते हुए वह बोला, ''एक सफेद-सफेद आदमी एक ही डग में दीवार फांदकर बाहर चला जाता है। हमारी तो घिग्गी बँध गई...''

''हमें दिखाएगा...?''

''अब तो हमको कोई दस हज़ार रुपया दे तो भी रात में यहाँ नहीं रहेंगे...'' वह इस तरह काम में लग गया मानो उसे बेकार की बातें करने की फुरसत नहीं है।

मैंने चलते-चलते फिर जानना चाहा, ''क्यों रे, रात की बात तो समझ में आई, लेकिन तुझे दिन में इस मालिक से डर नहीं लगता? इतना मारता है...''

''मालिक से क्यों डरेंगे...? काम नहीं करेंगे तो मारेगा ही...''

लेकिन उसकी बात अधूरी ही रह गई। बाहर से सुनाई दिया, ''बाबू साहेब, सफाई हो गई या...?''

मैं जल्दी-जल्दी वहाँ से चला आया।

भविष्य के आस पास मँडराता अतीत

साँवले रंग के बावजूद चेचक के दाग पहले इतने बुरे नहीं लगते थे। जब से आधा मुँह जल गया है, बहुत ही भयानक लगते हैं। उसे पता है, अब उसका चेहरा काफी कुरूप हो गया है और जब-जब वह उस शीशे में देखने का साहस करता है, भ्रम होता है 'मोम का घर' का शैतान नायक अपना चेहरा उस पर लगा छोड़ गया है। चेहरा ढँकने के लिए अपना हैट मुँह-आँखों पर झुकाए और ओवरकोट के उठे हुए कॉलरों से कनपटियाँ छिपाते हुए उसे सचमुच लगा, जैसे वह नहीं, किसी क्राइम फिल्म का नायक अपनी घात में इस पेड़ के नीचे बैठा है।

लड़कियाँ आ रही हैं दूर से सफेद फ्राकों और लाल सुर्ख पुलोवरों में झुण्ड की तरह आपस में सटी-सटी आ रही है। पहले भनभनाहट सुनाई दी थी, अब बातें, हँसी-खिलखिलाहट, एक-दूसरी को छेड़ना भी दिखाई दे रहा है...आगे-आगे शायद दो टीचरें हैं, चेस्टरों और साड़ियों में....उसका दिल ज़ोर-ज़ोर से धड़कने लगा। भीतर की अचानक बढ़ आई उत्तेजना से लगा जैसे उससे बैठे नहीं रहा जाएगा, वह खड़ा होकर एकदम सड़क के किनारे आ जाएगा। लेकिन प्रयत्न करके वह बेंच पर केवल आसन बदल कर रह गया, मुट्ठियाँ ज़ोरों से जेबों में ठूँस लीं—टॉफियों का सख्त डिब्बा एक जेब में फूलकर बाहर की ओर निकल आया। अपने को उसने दूर से देखा, जैसे शैतान ने जेब में पिस्तौल तैयार कर ली हो—पिस्तौल नहीं, पुल, सेतु!...वह औरत कहेगी : नहीं, अभी तो केवल लाल ऊन का लहरें लेता झुण्ड ही दीखता है। बीरबहूटियों के गुच्छे की तरह वे पास आएँगी तो अलग-अलग पहचाना जा सकेगा। सामने वाले पेड़ के पीछे छिपकर खड़े होने की कितनी इच्छा होती है, लेकिन इस तरह खड़े होना बहुत ही सन्देहास्पद हो जाएगा। यहाँ वालों ने बेंच को भी इतनी दूर हटाकर रखा है। ठीक है, ठीक

है, एकदम पेड़ से सटाकर रखते तो ऊपर चिड़िया कौवे बैठने वालों पर बीट करते—उसने अपने-आपको समझा लिया। अड्डे को लक्ष्य बनाकर एक कार पीछे से आकर हार्न देने लगी है। लड़कियाँ हटती नहीं हैं, खिलखिलाकर आपस में हँसती हैं और कार को रोके रखने का दुष्ट आनन्द लेने लगी हैं। कार पर अटैची-बिस्तर लदे हैं, क्रीम रंग धूल में मटमैला हो गया है...शायद नीचे से चली आ रही है। एक टीचर मुड़कर कुछ कहती है और झुण्ड बीच से खुलने लगता है—इधर-उधर होता हुआ। लड़कियाँ शैतानी से खिड़कियों में झाँक-झाँककर हँसती हैं, कुछ धूलिया सतर पर उँगलियों से लाइनें बनाती हैं, लिखती हैं। बच्चे अपनी अबोध दुष्टताओं पर कैसे खुले दिल से हँस लेते हैं—उसने सोचा। हँसनेवालियों में वह भी होगी : 'बुलबुल'! यहाँ भी उसे बुलाने का नाम 'बुलबुल' ही होगा क्या? उसका हाथ अपने-आप जेब से निकलकर छाती की ओर जाता है : फोटो निकाल लिया जाए—चेहरा मिला लेने में आसानी हो जाएगी। फिर हाथ लौट आया...नहीं, उसे, उस चेहरे को वह भूल ही कैसे सकता है? यहाँ तो उसने अपना पूरा नाम ही बताया होगा : वन्दना...वन्दना क्या? सहगल या सिंह? नहीं, उसकी माँ अब 'सिंह' किसी हालत में नहीं लिखवाएगी। वह फिर उसी 'सहगल' पर लौट गई होगी। काश, वह भी यों ही छोड़ी हुई भूमियों पर लौट जाने का सन्तोष पा सकता!...

अभी-अभी ये सबकी सब सामने से गुजर जाएँगी। उन्हीं में एक लड़की 'बुलबुल' भी होगी...और शायद उसे सपने में भी ख्याल नहीं आएगा कि बस के अड्डे के ऊपर, हरी-सी बेंच पर सिकुड़ा सिमटा-सा कोई बैठा था, और उसे वह कभी 'पापा' कहा करती थी। 'पापा! उसके कानों में नहीं, शायद चेतना के गहरे स्तरों में किसी ने निश्शब्द कहा और उसका शरीर इस तरह रोमांचित हो आया, जैसे 'पापा' कहने वाली अभी उसके कान की लौ को दाँतों में दबा लेगी; वह खुशामद करेगा, 'बेटे, पापा का कान कट जाएगा!' और यों ही शैतानी से हँसते हुए वह सिर हिलाएगी, नहीं छोड़ेगी।...उसे यों पापा का कान दाँतों में दबाकर परेशान करना बहुत अच्छा लगता है। 'नहीं, अखबार नहीं पढ़ने देंगे, हमसे बातें करो...कहानी सुनाओ!' अब तो वे दाँत भी नहीं रह गए होंगे। न चाहते हुए भी, उठे हुए कॉलरों के पीछे अपने कान टटोलकर देखे—''पापा, आपके कानों में ये छेद क्यों हैं? आपकी मम्मी ने बनाए हैं? बहुत शैतानी करते थे इसलिए रस्सी से बाँधने को? आप हमारे कानों में भी छेद बनाएँगे? वह छिदे हुए कानों

वाली लौ को उँगलियों की पोरों से खींचता रहा। 'बुलबुल'! उसकी आँखों में पानी झूल आया और उसने ज़ोर से उठते आवेग को सटका। अभी पाँच-छः गज़ की दूरी से उसकी वन्दना गुज़र जाएगी। उस समय वह पुकारे बिना कैसे रह पाएगा? नहीं, नहीं, उसे अपने को व्यस्त कर लेना चाहए, ताकि पुकारने के आवेग को दबाया जा सके। उसने पिपरमेंट की दो गोलियाँ निकालकर मुँह में डाल लीं। पहाड़ी रास्ते के बस-सफर के लिए उसने यों ही दो-चार गोलियाँ खरीद ली थीं। टटोलकर सिगरेट निकालते हुए उसने सोचा, इनका भी एक डिब्बा खरीद लेता तो ठीक था। हाथों के काँपने से सिगरेट का चमकदार कागज़ ठीक तरह खुल नहीं रहा था—कागज़ नहीं, पन्नी। यह पन्नी और गोलियाँ बुलबुल को अभी भी उतनी ही पसन्द हैं? उसके बस्ते में जाने कितनी पन्नियाँ और गोलियाँ भरी रहती थीं और वह नया डिब्बा खुलवाकर उसकी पन्नी ले लेती थी और दाँतों पर चढ़ाकर कहती—'पापा, हमारे दाँत कैसे चाँदी की तरह चमचम चमकते हैं, आपके तो गन्दे हैं, छिः?' फाड़ी हुई पन्नी को उंगलियों पर लेकर वह देर तक उसे धुँधलाई निगाहों से देखता रहा।

मान लो, जब ये लोग उसके सामने से गुज़रें और वह किसी भी तरह अपने पर ज़ब्त न रख पाए 'मेरी बुलबुल' कहता हुआ झुण्ड में झपट पड़े, तो वह उसे पहचान लेगी? उसी तरह बाँहें फैलाकर उसके गले में झूल जाएगी? 'पापा!' नहीं, शायद नहीं पहचानेगी अब...

सारी लड़कियाँ डरी हुई बत्तखों की तरह इधर-उधर कैं-कैं करती हुई भागने लगेंगी, टीचरें चीख पड़ेंगी और आसपास के ये सारे लोग उस पर टूट पड़ेंगे... मारो, मारो, कोई बदमाश है, लड़की को उठाकर भागना चाहता था। रोकते नहीं तो मार ही डालता। पागल है! चेहरा तो देखो, कैसा भयानक है। हत्यारा है। यों ही तो ये लोग उठाकर ले जाते हैं।' और वह कल्पना में अपने को पिटते, लात-घूँसे खाते देखता रहा। कुहनियों से बचाते सिर पर जूते-थप्पड़ पड़ते रहे। ये बीड़ियाँ पीते कुली ही सबसे पहले उसे दबोचेंगे...शायद बुलबुल उसे बिल्कुल भी नहीं पहचान पाएगी...सात साल कम नहीं होते...पता नहीं इन दिनों में वह कितना कुछ बदल गया है? पहचाना जाता है या नहीं? और बुलबुल? तब साढ़े चार साल की थी, अब तो बहुत लम्बी हो गई होगी। दुबली-पतली लम्बी-सी लड़की को ही वह गौर से देखता।...यह लड़कियों के बढ़ने के उम्र होती है। लम्बाई में तो वह अपनी माँ पर ही गई होगी।...

उसकी माँ ने उसे ज़रूर बता दिया होगा, सब कुछ बता दिया होगा। उसके खिलाफ जितना भी ज़हर उसके मन में है, सब का सब उसने बेटी को सौंप दिया होगा। बुलबुल उसे पहचानकर भी हो सकता है परिचय का कोई भाव न दिखाए...हो सकता है माँ की नाराज़गी और ज़हर को उसने वैसा ही अपने में ग्रहण भी कर लिया हो...मगर न जाने क्यों उसे लगता है कि बुलबुल कभी भी उससे नाराज़ नहीं रह पाएगी...सब कुछ जानकर भी वह उसे माफ कर देगी। वही तो एक है जो उसे माफ कर सकती है।...

खाने की मेज़ के आसपास वह और 'वो औरत' (अब वह उसकी माँ को इसी नाम से याद करता है) बैठे हुए थे—सुबह की चाय पीकर। बरतन उठा लिए थे। मेज़ पर ठीक उसके सामने बुलबुल भी बैठी थी। और बार-बार उसके कान पकड़कर चांई-मांई करने का आग्रह कर रही थी। आपस के तनाव को भूलने के लिए वह इसी चांई-मांई में खो गया था...दोनों एक-दूसरे के कान पकड़ लेते और आपस में नाकें दबाते हुए आगे-पीछे झूमते—चांई-मांई बोलते हुए...

'अभी छोटी है, कुछ भी नहीं समझती। बड़ी होकर जब बाप की हरकतों को समझेगी तो कहने में शरमाएगी कि ये ही मेरे फादर हैं।' इस खेल को विरक्ति से देखती हुई वह औरत कह रही थी।

वह उद्दण्ड हो आया। बोला—''मैंने एक किस्सा पढ़ा था कहीं : किसी आदमी ने हत्या या बलात्कार का कोई अपराध कर डाला। पकड़ कर राजा के सामने लाया गया। जिसने भी सुना, सब थू-थू करने लगे। फाँसी की सज़ा सुना दी गई। माता-पिता, पत्नी को उसकी फाँसी का दुःख ज़रूर था, लेकिन सभी उसके अपराध से विक्षुब्ध थे और जब आखिरी बार अपने घरवालों से मिलने का समय उसे दिया गया तो सभी उससे मिलने में संकोच कर रहे थे। जल्लाद जब उसे ले जाने लगे तो उसका पाँच-छः साल का बेटा आकर उससे लिपट गया—'बापू, तुमने कुछ नहीं किया, तुमने कुछ नहीं किया...' उन सबमें वही शायद एक ऐसा प्राणी था जिसने उसे जैसा का तैसा स्वीकार कर लिया था... और सच्चे हृदय से क्षमा कर दिया था...'' कहानी सुनाते-सुनाते पता नहीं क्यों उसका गला भर्र आया। मन में कहा जब तुम और तुम्हारे सारे ये हिमायती, मरने के समय भी मुझे दोषी ही ठहराते रहेंगे, तब शायद बुलबुल के ही हृदय का कोई एक कोना होगा, जो मुझे ज्यों का त्यों स्वीकार करके क्षमा कर देगा। तब मुझे अपने जीने का कोई मलाल, किसी मोक्ष की कामना नहीं रह जाएगी। और उसके आँसू व्यर्थ

ही उपहास का लक्ष्य न बनें, इसलिए वह उठकर बाहर चला आया। देर तक रोता रहा। उस समय भी अपनी इस भावुकता के पीछे उसे न तो कोई कारण समझ में आ रहा था न संगति। तब भी उसने यही कहा था कि शायद यह सेल्फ-पिटी—आत्म-करुणा है...और बच्चों को लेकर सभी लोग इसी तरह बेबस हो जाते हैं।...

आज भी बुलबुल के मन में क्षमा का कोई कोना सुरक्षित नहीं होगा? या वह भी अपनी शर्तें रखेगी कि पापा पहले अपना चेहरा बदल लो, रंग साफ कराओ, सिगरेट छोड़ दो, ऐसे कपड़े पहनो, तभी तुम मेरे पापा हो...और तुम्हारे लिए मेरे मन में क्षमा ही क्षमा है।...

'वो औरत' पाँच साल सिर्फ शर्तें ही तो रखती रही थी, जिन्हें अपने शब्दों में उसने नाम दिया था, ऐडजस्टमेण्ट—समझौता। शहीदाना ढंग से जब वह कहती—'मैं क्या इतना भी नहीं समझती थी कि विवाहित जीवन का दूसरा नाम ऐडजस्टमेण्ट है! लेकिन पाँच साल मैंने, सिर्फ मैंने ही तो ऐण्डजस्टमेण्ट किया है—खाना, रहना, आदतें...तुम्हारे लिए क्या नहीं बदला है? लेकिन तुम...तुम? कब तक कोई ऐडजस्टमेण्ट ही करता चला जाएगा अकेला?' तब हारकर एक दिन उसने कह दिया था—"नहीं, तुम ऐडजस्टमेण्ट नहीं करतीं, सिर्फ अपनी शर्तें रखती हो...वही करती हो। सीज़-फायर की नस-तोड़ तनाव-भरी स्थिति में दोनों पक्ष केवल अपनी शर्तें और कन्डीशन्स रखते हैं, अपने-अपने प्रेस्टिज प्वाइंट पर निगाहें रखते हुए ज़मीनें और सामान देते-लेते रहते हैं। उसे ऐडजस्टमेण्ट और त्याग नहीं, सिर्फ अपनी बात मनवाने का दबाव और मोर्चा कहते हैं...' सुनकर भन्नाती हुई वह बोली थी—'तब ठीक है, तुम अपनी उसी हूर की परी के साथ रहो। मुझे और मेरी बेटी से तुम्हें कोई मतलब नहीं है। मैं इसे खुद पढ़ा-लिखा लूँगी और तुमसे अच्छा पाल लूँगी...मैंने तो तुम्हें इतने दिनों निभा भी दिया, मैं भी देखती हूँ वह कितने दिन निभाती है। उससे निभे या न निभे, फिर मेरे पास आने की ज़रूरत नहीं है। वह रोने-धोने का सिनेमाई सीन मैं बिल्कुल नहीं चाहती। मेरी बेटी पर तुम्हारी छाया भी पड़े, यह मुझे अच्छा नहीं लगेगा। फिर यह न हो कि आज बेटी से मिलने चले आ रहे हैं, कल उसकी बर्थ-डे पर उपहार भेज रहे हैं। समझ लेना, हम दोनों मर गए...। मैं भी बुलबुल को समझा दूँगी कि तेरे पापा नहीं रहे। बिना बाप के हज़ारों बच्चे पलते हैं। ऐसी भी क्या बात है!...'

रैन्सम...दर्द से ऐंठते मन में एक शब्द उभरा। इस बार शर्त के दाँव पर

बेटी लगा दी गई है। यह सब कहा भी था और लिखा भी था—'मैं नहीं चाहती कि बड़ी होकर वह अपने बाप के चरित्र को जाने और हमेशा एक कॉम्प्लेक्स महसूस करती रहे कि उसका बाप ऐसा था। किसी के सामने तुम्हारा नाम लेते भी शरमाये...'

कॉम्प्लेक्स महसूस करे?...इसी बात को शायद सबसे अधिक शिद्दत से उसने उस दिन महसूस किया था जिस दिन अस्पताल से डिस्चार्ज होकर पहली बार अपना चेहरा देखा था...झुलसने और खाल उधड़ जाने से सारा मुँह दाग-दगीला हो गया था...भयानक और कुरूप...खुद ही डर लग आया था। आज भी 'वह' देखेगी तो कहेगी—'भीतर का पाप फूटकर निकल आया है ...मेरी आत्मा का अभिशाप आखिर कहीं तो अपना असर दिखाएगा ही...' इन शब्दों के सामने वह शायद कभी भी किसी को नहीं बता पाएगा कि उसने सिर्फ शराब पीकर अपने को जला लेने की कोशिश की थी।...अभी भी क्या वह पहले की तरह कह पाएगी—'तुम्हारे नाक-नक्श सब सचमुच कितने अच्छे हैं! इस चेचक ने ही सारा काम खराब कर दिया। लगता है, बुरी तरह निकली थी। मैं तो सबसे पहले बुलबुल को चेचक का ही टीका लगवाऊँगी...उसने तुम्हारे फीचर्स और मेरी हाइट ली तो देख लेना, सौ में एक होगी...' बाद की बात उसने नहीं सुनी थी, सिर्फ पहली सुनी थी और मन में अनुवाद किया था—'ये चेचक के दाग मिटवा लो, तभी तुम मेरे पति और बुलबुल के बाप होने लायक हो सकोगे...' आज जलने के इन दागों को लेकर भी 'वह' वैसी ही शर्त फिर रखेगी...जो कुछ क्या है उसे पोंछ दो, तभी मैं तुम्हें...'

नहीं, आज तो बुलबुल भी उसे ज्यों का त्यों स्वीकार नहीं कर सकेगी... 'ये हैं तुम्हारे पापा?' लड़कियों की समवेत हँसी आज तो उनके मन में न जाने कितने कॉम्प्लेक्सों का दंश छोड़ जाएगी। अगर वह उसकी दोनों बाँहें पकड़कर कहेगा कि 'बुलबुल, देख, मैं तेरा पापा हूँ। सिर्फ तुझसे मिलने, तुझे देखने, तुझसे बातें करने ही हज़ारों मील चलकर इस पहाड़ी स्कूल के पास से आया हूँ। सुबह से इस बस-स्टैण्ड के चक्कर काट रहा हूँ। मुझे मालूम है, हर रविवार को तुम लोग यहाँ आते हो...इस छोटे-से हिल स्टेशन के बाज़ार में घूमने, चीज़ें खरीदने, सिनेमा देखने...देख, बुलबुल, तेरे लिए टॉफियाँ लाया हूँ, तुझे किताबें दूँगा...''

'नहीं...नहीं, मुझे छोड़ दो...मुझे छोड़ दो...मुझे कुछ नहीं चाहिए...तुम मेरे पापा नहीं हो...टॉफियों को उधर फेंक दो...मेरे पापा बहुत सुन्दर थे...बहुत अच्छे

थे...मर गए...।' कन्धे छुड़ाती लड़की लगातार छूटने की कोशिश करती रहती है, रोने लगती है। सबके सामने ऐसे आदमी को वह कैसे 'पापा' मान पाएगी?

पनीले कुहासे के पार, लड़कियों का झुण्ड सामने से गुज़रता रहा और वह सूनी-सूनी आँखों से पहचानने की कोशिश करता रहा...शायद वह लम्बी-सी लड़की ही बुलबुल है...नहीं, वह नहीं, दूसरी, जो मोटी वाली के उस सिरे पर चल रही है...नहीं शायद वह बीच वाली है चॉकलेट खाती हुई। वह बढ़कर टीचर से भी तो पूछ सकता—'मिस, इनमें वो वन्दना भी आई है क्या?'...'कौन सी वन्दना? वन्दना शर्मा, वंदना सहगल? वन्दना बोस, वन्दना अइयर...!''...

'कोई नहीं, मिस!...

वह बेहोश-सा झुण्ड के पीछे पाँच-सात कदम खिंचता चला गया—'अरे मिस, सुनिए...' उसके भीतर कोई घुटे स्वर से चिल्लाता रहा...फिर कन्धे ढीले डाले खड़ा रहा। शराबी की तरह लौटने लगा तो चॉकलेट का सफेद-नीला कागज़ पैरों से कुचलकर सड़क से चिपका हुआ उसे ही ताक रहा था।...

नीचे स्टेडियम की तरह काटकर बनाया गया बस-स्टैण्ड था और सामने खुले पहाड़ों का झकोले लेता सिलसिला।...हाथ में चॉकलेट का कागज़ मसलता वह देर तक यही समझने की कोशिश करता रहा कि वह कहाँ है और उसे किधर जाना है।...

❑ ❑ ❑